永恒的经典

Le Petit Prince

小王子

[法]圣-埃克苏佩里／著

文爱艺／译

ZHEJIANG UNIVERSITY PRESS
浙江大学出版社

◎ 目录 ◎

小 王 子

Le Petit Prince

献给莱昂·维尔特[1]

　　请小读者们原谅，我把这本书献给了一个大人。我有正当的理由：这个大人是我在这个世界上最好的朋友。我还有一个理由：这个大人什么都懂，甚至儿童读物也懂。我还有第三个理由：这个大人现住在法国[2]，他在那儿饥寒交迫，很需要安慰。要是这些理由还不够充分，我就把这本书献给这个大人小的时候。所有的大人都是从小长大的。（可惜，很多人已不记得这事了。）因此，我把献词改为：

献给小时候的莱昂·维尔特

---

[1] 莱昂·维尔特，法国作家，和平主义者，比圣－埃克苏佩里大二十二岁。两人政治观念不同，经常争执，但友情更加牢固，可谓忘年之交。莱昂·维尔特在圣－埃克苏佩里的生活中，既是朋友，又是兄长，甚至是父亲。

[2] 当时法国正被德国法西斯占领，法国人民正遭受法西斯的践踏、欺凌。

I

　　我六岁的时候，在一本名叫《真实的故事》的书里——那是描写原始森林的书中，看到一幅精彩的插画，画的是一条蟒蛇正在吞食一头大野兽。

　　这就是那幅画的样子。

书中写道："蟒蛇把它们的猎物不加咀嚼地囫囵吞下，就不再动弹了；它们就在长长的六个月的睡眠中消化它。"

于是，我的思绪在森林的奇遇中纷飞，我用彩色铅笔画出了我的第一幅画。我的第一号作品。它是这样的：

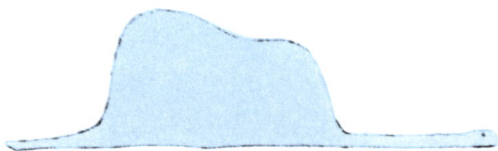

我把我的这幅得意之作拿给大人们看，问他们我的画是不是叫他们害怕。

他们回答说："一顶帽子有什么可怕的？"

我画的又不是帽子，那是一条正在消化着一头大象的巨蟒。然后我又把巨蟒的内部画了出来，让大人们能够看懂。大人总是需要解释。我的第二号作品是这样的：

大人们劝我把画放在一边，别再画这些敞开或闭着肚皮的蟒蛇了，还是应该把精力放在专心学习地理、历史、算术、语法上。就这样，在六岁那年，我就放弃了当画家这一美好的志向。我的第一号、第二号作品的失败，使我很灰心。大人，他们什么也不懂，还得老是不断地给他们解释。真累。

我只好选择了另外一个职业。我学会了开飞机，差不多飞遍了整个世界。的确，地理学帮了我很大的忙。我一眼就能分辨出中国和亚利桑那——要是夜里迷航了，还是很有用的。

在以后的生活中，我跟许多严肃的人有更多的接触，在大人们中间生活过很长时间。我仔细地观察他们，但并没有使我对他们的看法有所改变。

当我遇到一些头脑看来稍微清醒的大人时，我就拿出一直保存着的我那第一号作品来试一试他们。我想知道他们是否真的能理解它。可是，我得到的回答总是："这是顶帽子。"我就不和他们谈巨蟒呀，原始森林呀，或者星星呀之类的事。我只得迁就他们的水平，谈一些他们能懂的事情。跟他们谈桥牌呀，高尔夫球呀，政治呀，领带呀，大人们会十分高兴能认识我这样一个通情达理的人。

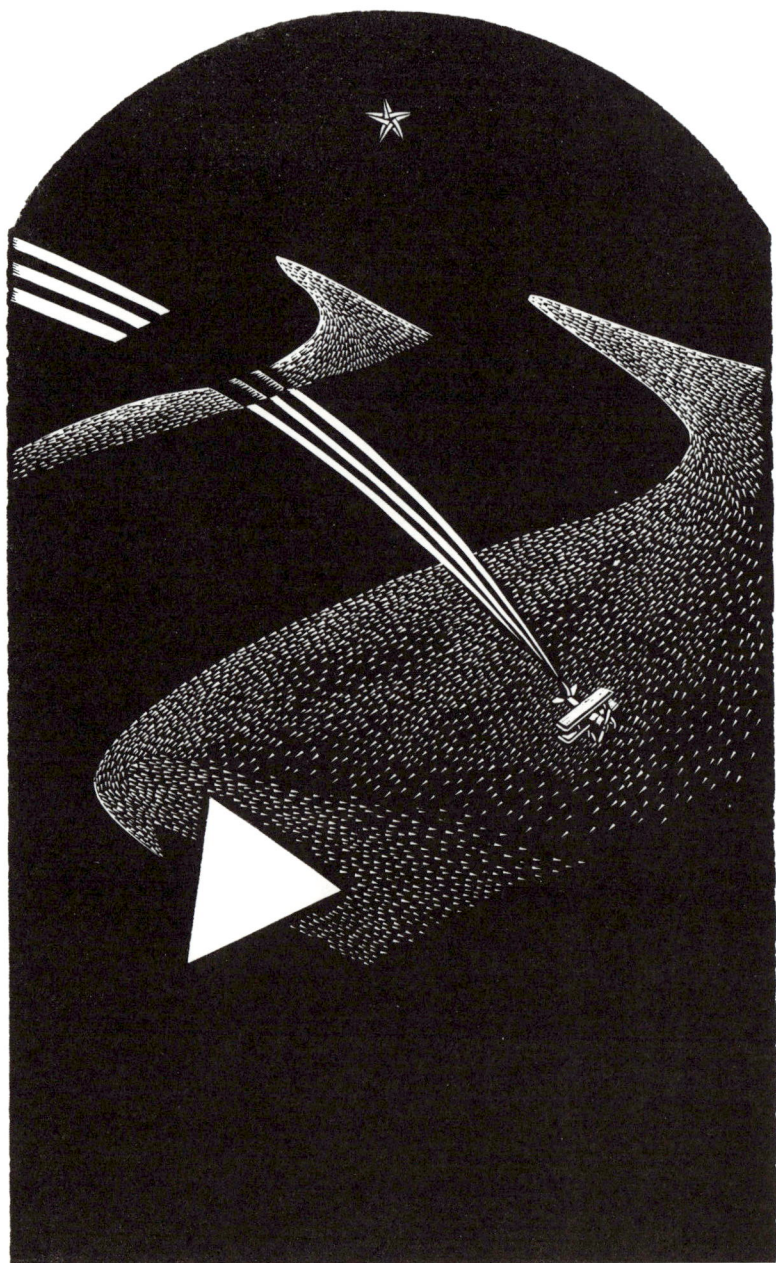

《迷失的飞机》 ☆ 麻胶版画 ☆ 齐鑫　2015

II

　　我就这样孤独地生活着，没有一个能真正谈得来的朋友，直到六年前我的飞机在撒哈拉沙漠中发生了故障。我飞机的发动机里有个东西损坏了。我既没有带机械师，也没有带旅客，我得独自完成这个困难的维修工作。这对我来说，是个生或死的问题，因为我随身带的水只够饮用一个星期。

　　第一天晚上，我就睡在远离人间烟火的沙漠里。我比大海中伏在小木排上的遇难者还要孤独。第二天拂晓，一个奇怪的小声音叫醒了我，你们可以想象我当时是多么吃惊。这个小小的声音说道：

　　"请你给我画一只绵羊，好吗？"

　　"啊！"

　　"给我画一只绵羊……"

　　我像是听到一声惊雷，一下子站立起来。我使劲地揉揉眼睛，仔细地看。我看见一个十分奇怪的小家伙，严肃地凝望着我。这是我后来尽力回想，给他画的一幅画像。我的画当然要比他本人的模样逊色得多。这不是我的过错。六岁时，大人们把我当画家的愿望断送了，除了画过敞开和闭着肚皮的蟒蛇，我并没有学过画画。

　　我睁大着眼睛惊奇地看着这个突然出现的小家伙。你们不要忘记，我当时处在远离人烟的千里之外的地方。这个小家伙给我的印象，既不像迷路的样子，也没有半点疲乏、饥渴、惧怕的样子。他丝毫不像是迷失在荒无人烟的大沙漠中的孩子。

　　惊讶中，我又能说出话来的时候，问道：

　　"你……你在这儿干什么？"

　　他不慌不忙，郑重其事，对我重复道：

　　"请你……给我画一只绵羊……"

　　当一种神秘把你镇住的时候，你就不敢不听从它的支配。在这荒无人烟的沙漠中，面对死亡的危险，尽管这样的举动使我感到荒诞，我还是掏出了纸笔。这时，我又记起，我只学过地理、历史、算术、语法，就有点不太高兴地对小家伙说我不会画画。他回答我说：

"没有关系，就给我画一只绵羊吧！"

我从来没有画过绵羊，我就给他重画我会画的两幅中的那幅闭着肚皮的巨蟒。

"不，不！我不要蟒蛇，它肚子里还有一头象。"

我听了他的话，目瞪口呆。他接着说："巨蟒太危险，大象太占地方。我住的地方小，我需要一只羊。给我画一只绵羊吧。"

我就给他画了。

他仔细地看着，随后说：

"我不要，这只病得很重了。给我重新画一只吧。"

我又画了一只。

　　我的这位朋友天真可爱地笑了，并且客气地拒绝道："你看，你画的这是公羊，还有犄角呢。"

　　于是我又重新画了一张。

　　这幅，同前几幅一样，又被拒绝了。

　　"这一只太老了。我想要一只能活得长一点的绵羊。"

　　我不耐烦了。我急着要检修发动机，于是草草画了这张，匆匆地对他说道：

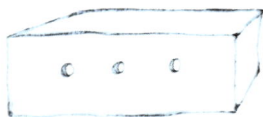

　　"这是只箱子，你要的绵羊就在里面。"

　　这时，我十分惊奇地看到这位小评判员竟喜笑颜开。

　　他说："这正是我想要的……你说这只羊需要吃很多草吗？"

　　"为什么问这个呢？"

　　"因为我那里非常小……"

　　"我给你画的是一只很小的羊，地方小也够喂养它的。"

　　他把脑袋靠近这张画：

　　"并不像你说的那么小……瞧！它睡着了……"

　　就这样，我认识了小王子。

III

　　我费了好长时间才弄清楚他从哪里来的。小王子向我提了很多问题；对我提出的问题，他好像没有听见似的。无意中他吐露的一些话让我逐渐搞清了他的来历。例如，他第一次瞅见我的飞机时（我就不画出我的飞机了，这种图画对我来说太复杂），他问我："这是个啥？"

　　"这不是'啥'。它能飞。这是飞机。我的飞机。"

　　我很骄傲地告诉他我能飞。

　　于是他惊奇地说：

　　"怎么？你是从天上掉下来的？"

　　"是的。"我谦逊地答道。

　　"啊？这真滑稽。"

　　小王子发出一阵清脆的笑声。这使我很不高兴。我不希望别人幸灾乐祸。

他又说："哦，你也是从天上来的了！你是哪个星球上的？"

于是，我灵光一现，隐约猜出他神秘地出现在这儿的原由，我就突然问：

"你是从别的星球上来的？"

他不回答我的问题。他一面看着我的飞机，一面轻轻地点点头，说：

"的确，乘坐这玩意儿，你不可能从很远的地方来……"

他陷入了沉思。然后他从口袋里掏出我画的小羊，入神地看着他的宝贝。

你们可以想见，关于"别的星球"的若明若暗的问题使我很好奇。我竭力想知道其中更多的奥秘。

"你从何处来，我的小家伙？你的家在什么地方？你要把我的小羊带到哪儿去？"

他沉思了一会儿，然后回答：

"好在有你给我的这只箱子，夜里可以给小羊当房子用。"

"当然。如果你听话，我再给你画一根绳子，白天可以拴住它。再加上一根扦杆。"

我的建议使小王子很反感。

"拴住它，多么奇怪的主意。"

"如果不拴住它，它就到处跑，那么它会跑丢的。"

我的这位朋友又"哈哈"地笑出了声：

"你想要它跑到哪儿去？"

"不管何处。它一直往前跑……"

这时，小王子很郑重地说：

"这没关系，我那里很小很小。"

接着他略带伤感地又补充了一句：

"一直朝前走，也不会走多远……"

IV

　　我还了解到另一件很重要的事，他所在的那个星球比一座房子大不了多少。

这并没有使我感到奇怪。我知道，除地球、木星、火星、金星这几个有名称的大行星以外，还有成百个别的星球，它们有的很小，用望远镜也很难看见。天文学家发现了其中一颗星星，就给它编上一个号码，例如，把它称作"325 号小行星"。

我有足够的根据，认为小王子来自的星球是小行星 B‑612。这颗小行星仅在 1909 年被一位土耳其天文学家用望远镜发现过一次。

他曾经在一次国际天文学家代表大会上对他的发现做了重要的论证。但是没有人相信他，因为他穿着土耳其的衣服。大人们就是这样。

幸好，土耳其的独裁者，为了小行星 B - 612 的声誉，迫使他的子民都要穿欧式服装，否则就处死。1920 年，这位天文学家穿着非常漂亮的服装，重新做了一次论证。这一次所有的人都同意他的看法。

我给你们讲关于小行星 B - 612 的这些细节，告诉你们编号，就是这些大人的缘故。这些大人们就爱数字。你对大人们讲你的一个新朋友时，他们从来不向你提出实质性的问题。他们从来不问："他说话声音怎样？喜爱什么游戏？是否收集蝴蝶标本？"他们却问你："他多大？弟兄几个？体重多少？他父亲挣多少钱？"他们以为这样才算了解朋友。如果你对大人们说："我看到用玫瑰色的砖盖成的一幢漂亮的房子，窗户上有天竺葵，屋顶上有鸽子……"他们怎么也想象不出这种房子有多么好。你必须对他们说："我看见了一幢价值十万法郎的房子。"他们就会惊叫："多漂亮的房子！"

你要是对他们说："小王子存在的证据就是他很漂亮，他笑着，想要一只绵羊。他想要一只绵羊，这就证明了他的存在。"他们一定会耸耸肩，把你当作孩子看待！如果你对他们说："小王子来自的星球就是小行星 B - 612。"他们就会十分信服，就不会提出一大堆问题来纠缠你。他们就是这样的。小孩子对大人就应该宽厚些，别埋怨他们。

对懂得生活的人来说，我们才不在乎那些编号呢！真想像讲神话那样，开始这个故事。真想这样说：

"从前，有个小王子，他住在一颗和他的身体差不多大的星球上，希望有一个朋友……"

对懂得生活的人来说，这样就显得真实。

我不喜欢人们漫不经心地读我的书。在讲述这些往事的时候，我的心情是很难过的。我的朋友带着他的绵羊已经离去六年了。我之所以在这里尽力把他描写出来，就是为了不要忘记他。忘记朋友，这太叫人悲伤了。并不是所有的人都有朋友。我也可能变成大人那样，只对数字感兴趣。为此，我买了颜料和铅笔。像我这样年纪的人，除了六岁时画过敞开和闭着肚皮的巨蟒外，别的什么也没有画过，现在来画画，可真费劲！

我一定要把这些画尽量地画好。我自己没有把握。一张画得还可以，另一张就不像了。身材大小，我画得有点不准确：这个地方，画得太大了，另一个地方又画得太小了。他衣服的颜色我也拿不准。我就摸索着这么试试，那么改改，画了个大概。很可能某些重要的细节画错了。这就得请大家原谅。因为我的这个朋友，对任何事从来不加说明。他认为我同他一样。可是，很遗憾，我却不能透过盒子看见绵羊。我大概有点和大人们差不多了。我肯定是变老了。

V

　　对小王子，我每天都有新的了解，他的出走，他的旅行等。这些信息都是从他的各种反应中慢慢得到的。就这样，第三天我了解到关于猴面包树[1]的悲剧。

　　这一次又是因为那只绵羊，小王子突然非常担心地问我：

　　"羊吃小灌木，真的吗？"

　　"是的，是真的。"

　　"好，我真高兴。"

　　我不明白羊吃小灌木这件事为什么如此重要。小王子又问道：

　　"那么，它们也吃猴面包树吗？"

　　我对小王子说，猴面包树可不是小灌木，而是像教堂那么高的大树；就是带回一群大象，也啃不了一棵猴面包树。

　　一群大象，这种说法使小王子哈哈大笑：

"那可得把这些大象一头一头地叠起来。"

他很有见识地说道：

"猴面包树在长大之前，也是小小的。"

"不错。为什么你想叫你的羊去吃小猴面包树呢？"

他回答我说："唉！这还用说！"似乎不言而喻。我自己要费很大的劲，才能弄懂这个问题。

原来，小王子的星球就像其他星球一样，上面有好草也有坏草；因此，也就有好种子和坏种子。可是种子是看不见的。它们沉睡在

泥土中，直到其中的一粒种子忽然苏醒过来……于是就伸展开身子，开始腼腆地朝着太阳长成一棵秀丽可爱的小嫩苗。如果是小萝卜或玫瑰的嫩苗，就让它去自由地生长。如果是一棵坏苗，一旦被辨认出来，就应该马上拔掉。因为在小王子的星球上，有些非常可怕的种子——这些就是猴面包树的种子。在那里的泥土里，这种种子多得成灾。一棵猴面包树的树苗，假如拔得太迟，就再也无法把它清除。猴面包树会盘踞整个星球。它的树根能把星球钻透。星球很小，猴面包树很多，它会把整个星球搞得支离破碎。

"这是个问题。"后来，小王子向我解释道，"早上梳洗完毕以后，必须仔细地给星球梳洗，必须及时拔掉猴面包树苗。这种树苗小的时候与玫瑰花苗差不多，一旦可以把它们区别开，就要把它拔掉。这是一件非常乏味的工作，也很容易。"

有一天，他劝我用心画一幅漂亮的画，好让我家乡的孩子们对这件事有一个深刻的印象。他还对我说："将来有一天他们外出旅行，这对他们是很有用的。有时候，把工作推到以后去做，并没有什么妨害；但要是遇到拔猴面包树苗这种事，那就非造成大灾难不可。我就遇到过，一个星球上面住着一个懒家伙，他放过了三棵小树苗……"

于是，根据小王子的说明，我把那个星球画了下来。我从来不愿意以道德家的口吻说话。猴面包树的危险性，大家都不太了解，但对迷失在小行星上的人来说，危险性非常之大。这一回，我贸然打破了自己不喜欢教训人的惯例。

我呼吁："孩子们，要当心那些猴面包树啊！"这是为了让朋友们警惕这种危险。他们同我一样，长期和它接触，却没有意识到它的危险。我花了很大的工夫画了这幅画。我的这个呼吁意义是很重大的，花点工夫也是很值得的。

你们也许会问：为什么这本书中别的画都没有这幅画壮观呢？

答案很简单：别的画我曾试图画得好些，却没成功。我画猴面包树时，有一种急迫感在激励着我。

译注

[1] 猴面包树，学名波巴布树，又名猢狲木，别称猴面包树、酸瓠树，大型落叶乔木。树冠巨大；树杈千奇百怪，酷似树根；树形壮观；果实巨大如足球，甘甜多汁，是猴子、猩猩、大象等动物最喜欢的美味。果实成熟时，猴子就成群结队而来，爬上树去摘果子吃，所以有"猴面包树"的别称。不仅在非洲，在地中海、大西洋、印度洋诸岛上，以及大洋洲北部都可以看到猴面包树。不管长在哪儿，猴面包树都木质疏松，有很多孔，对着它开一枪，子弹能完全穿透。大象不仅吃它的果实，甚至连它的枝叶和树干都吃；所以，在某种程度上，大象是猴面包树的天敌。

VI

啊！小王子，我渐渐懂得了你那忧郁的生活。在过去相当长的时间里，你唯一的乐趣就是观赏夕阳西下的温柔晚景。这个新的细节，是我在第四天的早晨知道的。当时你对我说：

"我喜欢看日落。我们去看日落吧！"

"可是得等着……"

"等什么？"

"等太阳落下去。"

开始，你显得很惊奇，随后你笑了。你对我说：

"我还以为是在我的家乡呢！"

的确，大家都知道，美国正午时分的时候，在法国，正夕阳西下，只要一分钟内赶到法国，就可以看到日落了。可惜法国那么遥远。在你那样的小行星上，你只要把椅子挪动几步就行了。这样，你便可以随时看到想看的夕阳余晖……

　　"有一天，我看到过四十三次日落！"

　　过一会儿，你又说：

　　"你知道，人在苦闷时，总是喜欢看日落的。"

　　"一天四十三次，你怎么会这么苦闷？"

　　小王子没有回答。

《孤单的能量》☆ 麻胶版画 ☆ 齐铎 2015

VII

第五天，还是绵羊的事，把小王子的生活秘密向我揭开了。像是默默地思索了很长时间以后，得出了结果一样，他突然没头没脑地问我：

"羊，吃小灌木，它也会吃花吗？"

"它碰到什么吃什么。"

"连有刺的花也吃吗？"

"有刺的也吃！"

"那么刺有什么用呢？"

我不知道该怎么回答。那会儿，我正忙着要从发动机上卸下一颗拧得太紧的螺丝。我发现机器故障很严重，饮用水也快喝完了，很着急，担心可能出现最坏的情况。

"那么刺有什么用呢？"

小王子一旦提出了问题，从来不会放过。该死的螺丝使我很恼火，我随便回答了他一句：

"刺嘛，什么用都没有，纯粹是花的恶意。"

"噢！"

他沉默了一会儿，怀着不满的心情说：

"我不信！花是弱小、淳朴的，它们设法保护自己，以为有了刺就可以显出自己的厉害……"

我默不作声。我当时想，如果这颗螺丝再跟我作对，我就一锤子敲掉它。小王子又来打搅我的思绪：

"你却认为花……"

"算了吧，算了吧！我什么也不认为！我随便回答你的。我可有正经事要做。"

他惊讶地看着我：

"正经事？"

他瞅我手里正拿着锤子，手指上沾满了油污，伏在在他看来丑不可言的机件上。

"你说话就像那些大人！"

这话令我有点难堪。他又尖刻无情地说道：

"你什么都分不清……把什么都混在一起了！"

他的确非常恼火，摇动着脑袋，金色的卷发随风飘动着。

"我到过一个星球，上面住着一个红脸先生。他从没闻过一朵花，也从没看过一颗星星。他什么人都没喜欢过。除了算账，他什么也没有做过。他整天同你一样总是说：'我有正经事，我是个正经人。'这使他傲气十足。简直不像个人，而是个蘑菇。"

"是个什么？"

"是个蘑菇！"

小王子当时气得脸色发白。

"几百万年以来，花制造着刺；几百万年以来，羊吃着花。花为什么费那么大劲给自己制造没有用的刺，这难道不是正经事？羊和花之间的战争不重要？这难道不比那个大胖子红脸先生的账目更重要？我认识一朵人世间唯一的花，只有我的星球上有它，别的地方都不存在，一只小羊稀里糊涂就把它一下子毁掉了，这难道不重要？"

他的脸气得发白，接着说道：

"有人爱上了这亿万颗星星上独一无二的一朵花，看着这些星星的时候，他就足以感到幸福，可以对自己说：'我的那朵花就在其中的一颗星星上……'但是如果羊吃掉了这朵花，对他来说，就好像所有的星星一下子全都熄灭了一样！这难道不重要吗？"

他无法再说下去，突然泣不成声。夜幕降临。我放下手中的工具。我把锤子、螺钉、饥渴、死亡，全都抛在脑后。在一颗星球上，一颗行星上，我的星球上，地球上，有一个小王子需要安慰！我把他抱在怀里，轻轻地摇晃着他，对他说："你爱的那朵花不会有危险……我给你的小羊画了一个罩子……我给你的花画了一副盔甲……我……"

我不知道该说些什么。我觉得自己太笨。我不知道怎样才能达到他的境界，与他的心相通……唉，泪水的世界是多么神秘啊！

VIII

　　我很快就进一步了解了那朵花。在小王子的星球上，过去一直都生长着一种只有一层花瓣的很简单的花。这些花很小，一点也不占地方，从来也不打搅任何人。她们早晨在草丛中开放，晚上就凋谢。不知从何处来了一颗种子，忽然就发了芽。小王子非常仔细地监视着这棵与众不同的小苗：说不定是一种新的猴面包树。这棵小苗不久就不再长大了，开始孕育花朵。看到这棵苗上长出了一个很大很大的花蕾，小王子感觉到从这个花骨朵中一定会出现奇迹。然而这朵花藏在她那绿茵茵的房间中用了很长的时间打扮自己。她精心选择着将来的颜色，慢腾腾地妆饰着，搭配着她的花瓣，她不愿像虞美人[1]那样一出世就皱巴巴的。她要让自己以光艳夺目的姿态来到世间。是的，她非常爱漂亮。她日复一日地梳妆打扮着。然后，在一天的早晨，恰好在太阳升起的时候，她就开放了。

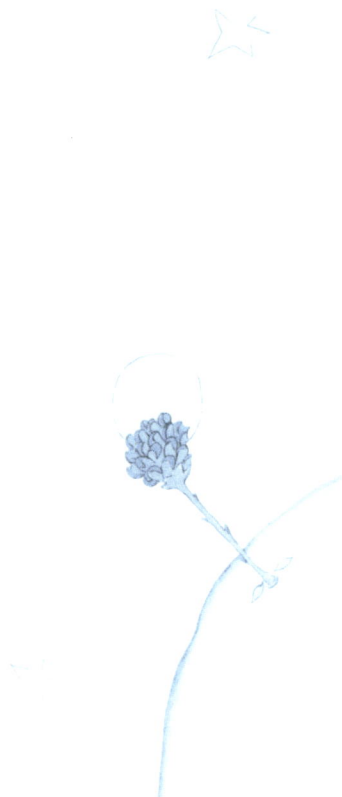

她已经精细地做了那么长时间的准备工作，却打着哈欠说道：

"我刚刚睡醒，真对不起，还没有洗漱，瞧，头发还是乱蓬蓬的……"

小王子再也控制不住自己的爱慕之情：

"你真美啊！"

花温柔地说：

"是吗？我是与太阳同时出生的……"

小王子看出了这花不太谦虚，但是她的确娇艳动人。

　　她随后又说道："现在该是吃早餐的时候了吧，请你也给我准备一点……"

　　小王子很有些不好意思，拿着喷壶，打来了一壶清清的凉水，浇灌着花。

　　就这样，这朵花，就以她那点敏感、多疑的虚荣心折磨着小王子。比如，有一天，她向小王子讲起她身上长的四根刺："老虎，让它张着爪子来吧！"

　　小王子顶了她一句："我的这个星球上没有老虎，而且，老虎是不会吃草的。"

　　花轻声地说道："我并不是草。"

　　"真对不起……"

　　"我并不怕什么老虎，可我讨厌风。你没有屏风吗？"

　　小王子思忖着："讨厌风……这对植物来说，真不走运。这朵花真不大好伺候……"

　　"晚上你得把我保护好。你这地方太冷。在这里住得不好，我原来住的那个地方……"

　　她没有说下去。她来的时候是颗种子。她哪里见过什么别的世界。她叫人发现她是在编造一个如此不太高明的谎话，她有点羞怒，咳嗽了两三声。她的这一招是要让小王子处于有过失的地位，她问道：

　　"屏风呢？"

"我这就去拿。可你刚才说的是……"

花放开嗓门咳嗽了几声，想让小王子后悔自己的过失。

小王子本来诚心诚意地喜欢这朵花，可是，这一来，他马上对她产生了怀疑。小王子对一些无关紧要的话看得太认真，结果使自己很苦恼。

有一天他告诉我说："我不该听信她的话，绝不该听信那朵花的话。看看花，闻闻她就得了。我的那朵花使我的星球芳香四溢，可我不会享受它。老虎爪子的事，本应该使我产生同情，却反而使我恼火……"

他还告诉我说：

"我那时什么也不懂！我应该根据她的行为，而不是根据她的话来判断她。她使我的生活芬芳多彩，我真不该离开她跑出来。我本应该看出在她那令人爱怜的花招后面隐藏的温情。花的心难以捉摸！当时我太年轻，还不懂得爱她。"

译注

[1] 虞美人，又名丽春花、赛牡丹、满园春、
仙女蒿、虞美人草，罂粟科罂粟属草本植物，花期
为夏季。花色有红、白、紫、蓝等颜色，浓艳华美。
原产于欧亚温带大陆，在中国被大量栽培，现已引
种至新西兰、澳大利亚和北美地区。

《她的骄傲》 ☆ 麻胶版画 ☆ 齐鑫 2015

IX

　　我想小王子是利用候鸟迁徙的机会跑出来的。在出发的那天早上，他把星球收拾得整整齐齐，包括把活火山打扫得干干净净。他有两座活火山，热早点很方便。他还有座死火山，他也把它打扫干净了。他想，说不定它还会复活呢！打扫干净，它就可以慢慢有规律地燃烧，而不会突然爆发。火山爆发就像烟囱里的火焰一样。当然，我们地球上的人太小，不能打扫火山，所以火山给我们带来很多麻烦。

　　小王子把剩下的最后几棵猴面包树苗全拔了。他有点感伤，他以为他再也不会回去了。这些家常活使他感到特别亲切。他最后一次浇花后，准备把她放在玻璃罩里，好好地珍藏起来。他觉得自己要哭出来了。

　　"再见了。"他对花说道。

　　花没有回答他。

　　"再见了。"他又说了一遍。

　　花咳嗽了一阵，并不是感冒。

　　她终于答道："我过去真蠢。请你原谅。希望你幸福。"

　　花毫不抱怨，他感到很惊讶。他举着罩子，不知所措地停在那里。他不明白她为什么会这样恬静、温柔。

　　"的确，我爱你，"花说道，"因我的过错，你一点也没有理会。这不重要。不过，你也和我一样笨。希望你今后能幸福。把罩子放在一边吧，我用不着它了。"

　　"风来了怎么办？"

　　"感冒并不那么严重……夜晚的凉风对我有好处。我是一朵花。"

"要是有虫子或野兽呢？"

"我想要认识蝴蝶，如果经不起两三只尺蠖[1]是不行的。据说蝴蝶是很美的。不然有谁还会来看我呢？你就要到远方去了。至于大动物，我并不怕，我有爪子。"

她天真地显露出那四根刺，接着又说道：

"别磨蹭了。真烦人！你既然决定离开这儿，那就快走吧！"

她是怕小王子看见她哭。她是一朵非常骄傲的花啊……

译注

[1]尺蠖，无脊椎动物，昆虫纲鳞翅目尺蛾科昆虫的统称。幼虫身体细长，行动时一屈一伸像拱桥；休息时，身体能斜向伸直如枯枝状。完全变态发育，成虫翅大，体细长而有短毛，触角丝状或羽状，称为"尺蛾"。

全世界约有12000种尺蠖，中国约有43种。幼虫危害茶树、桑树、棉花等。如茶尺蠖的幼虫蚕食叶片，严重时造成光秃现象。其静止时，常用腹足和尾足抓住茶枝，使虫体向前斜伸，像枯枝；受惊时即吐丝下垂。又如枣尺蠖的幼虫，不仅蚕食叶片，并食嫩芽、花蕾。其雌成虫无翅；雄成虫全体灰褐色，前翅有褐色波纹两条。中国南北各地最常见的为桑尺蠖，其幼虫常作为"拟态"的典型代表。

《坠落》 ☆ 麻胶版画 ☆ 齐鑫 2015

X

宇宙中，还有 325、326、327、328、329、330 等几颗小行星。他开始访问这几颗星，想在那里找点事做，学点本领。

第一颗星上，住着一个国王。国王穿着用紫红色和白底黑花的貂皮[1]做成的大礼服，坐在一个简单却威严的宝座上。

看见小王子，他喊了起来：

"啊，来了一个子民啦。"

小王子心想："他从来没有见过我，怎么会认识我呢？"

他哪里知道，在国王眼里，世界是非常简单的：所有的人都是他的子民。

国王十分骄傲，他终于成了某个人的国王。他对小王子说道："靠近点，让我好好看看你。"

小王子看看四周，想找个地方坐下来，可是整个星球都被国王华丽的白底黑花皇袍占满了。他只好站着，因为疲倦，打起哈欠来。

国王对他说："在国王面前打哈欠是违反礼节的。我禁止你打哈欠。"

小王子不好意思地答道："实在忍不住。我长途跋涉，还没有睡觉呢。"

国王说："那好吧，我命令你打哈欠。来，我已经好些年没见过人打哈欠了。打哈欠倒是件新奇的事。来吧，再打个哈欠！我命令你。"

"我有点紧张……打不出哈欠来了……"小王子红着脸说。

"嗯！嗯！"国王答道，"那么我……我命令你一会儿打，一会儿不打……"

国王嘟嘟囔囔，有点恼怒。

国王要求的是保持他的威严受到尊敬。他不能容忍别人不听他的命令。他是一位专制的国王，却很善良。他下的命令都是理智的。

他常说："我叫将军变成海鸟，将军不服从我的命令，这不是将军的过错，而是我的过错。"

小王子腼腆地试探道："我可以坐下吗？"

"我命令你坐下。"国王一边回答，一边庄重地把他那白底黑花皇袍拉动了一下。

小王子感到很奇怪。这么小的行星，国王统治什么呢？

他对国王说："陛下……请原谅，我想问您……"

国王急抢道："我命令你提问。"

"陛下……您统治什么呢？"

国王非常简单明了地答："我统治一切。"

"一切？"

国王轻轻地用手指着他的行星，其他的行星，所有的星星。

"这一切？"小王子说。

"统治这一切。"国王答。

原来他不仅是一位专制的国王，而且还是宇宙之王。

"星星服从您吗？"

"那当然！"国王说，"它们立即就得服从。我不允许抗命。"

这样的权力使小王子惊叹不已。如果掌握了这样的权力，他一天就不只是看四十三次日落，而可以看到七十二次，甚至一百次，二百次，也不必去挪动椅子了！他想起了他那被遗弃的小星球，心里有点难过。他大胆地向国王提出了一个请求：

"我想看日落，请求您……命令太阳落下吧……"

国王说道："如果我命令一个将军像一只蝴蝶一样，从这朵花飞到那朵花，或者命令他写一个悲剧，变成一只海鸟，如果这位将军接到命令不执行，是他不对还是我不对？"

"当然是您不对。"小王子肯定地回答。

　　"不错，"国王接着说，"向人提要求应该是他们能做得到的。权威必须建立在理性的基础上。如果命令你的百姓投海，他们非起来革命不可。我的命令合理，所以我有权要求服从。"

　　"我提出的日落呢？"小王子一旦提出问题，就不会忘记这个问题。

　　"日落嘛，你会看到的。我一定要太阳落山，不过按照科学的统治方针，我得等到条件成熟的时候，再下命令。"

　　小王子问道："那要等到什么时候呢？"

　　国王在回答之前，翻阅了一本厚厚的日历，嘴里慢慢说道："嗯！嗯！日落大约……大约……大约在今晚七时四十分的时候！到时你将会看到我的命令一定会被服从的。"

　　小王子又打起了哈欠。他遗憾没有看到日落。他有点厌烦了，对国王说："没有必要再待在这儿了。我要走了。"

　　这位刚刚有了一个子民而十分骄傲的国王说道：

　　"别走，别走。我任命你当部长。"

　　"什么部长？"

　　"嗯……司法部长！"

　　"这儿没有一个需要审判的人。"

　　"难说。"国王道，"我很老了，这地方又小，没有放銮驾的地方；另外，我一走路就累，因此还没有巡视过我的王国呢！"

　　"噢！可我已经看过了。"小王子说道，并探身朝星球的那一侧看了看。那边也没有人……

　　"那就审判你自己吧！"国王回答，"这可是最难的了。审判自己比审判别人要难得多！你要是能审判好自己，你就是一个真正的智者。"

"我随便在什么地方都可以审判自己，没有必要留在这里。"

国王又说："嗯……嗯……我想，在我的星球上有一只老鼠。夜里，我听见它的声音。你可以审判它，不时地判处它死刑。它的生命取决于你的判决。可是，你要有节制地使用这只老鼠，每次判刑后都要赦免它，因为只有这一只老鼠。"

"我不喜欢判死刑，我还是应该走。"小王子回答道。

"不行。"国王说。

小王子准备离开，又不想使老国王难过，说道：

"如果国王陛下想要不折不扣地得到服从，你可以给我下一个合理的命令。比如说，你可以命令我，一分钟之内必须离开。我觉得这个条件已经成熟……"

国王什么也没有回答。起初，小王子有些犹豫不决，随后叹了口气，就离开了……

"我任命你当我的大使。"国王匆忙地喊道，摆出非常有权威的架势。

小王子在旅途中，自言自语道："大人们真奇怪。"

译注

[1] 貂皮，属于细皮毛裘皮，皮板优良，轻柔结实，毛绒丰厚，色泽光润，素有"裘中之王"之称。用它制成的皮草服装，雍容华贵，是理想的裘皮制品。

XI

第二颗星上，住着一个爱虚荣的人。

"喔！哟！一个崇拜我的人来拜访我了！"这个爱虚荣的人一见到小王子，老远就喊叫起来。

在爱虚荣的人眼里，别人都是他的崇拜者。

"你好！"小王子说道，"你的帽子很奇怪。"

"这是为了向人致意用的。"爱虚荣的人回答道，"人们向我欢呼的时候，我就用它致意。可惜，从没有人经过这里。"

"啊？是吗？"小王子不解其意，说道。

爱虚荣的人向小王子建议："你拍拍手。"

小王子就拍了拍手。这位爱虚荣者，就谦逊地举起帽子向小王子致意。

小王子想："这比访问那位国王有趣。"于是又拍起巴掌。爱虚荣者又举起帽子向他致意。

小王子这样做了五分钟，之后就有点厌倦了这种单调的把戏，问道：

"要想叫你把帽子摘下来，该怎么做呢？"

爱虚荣者听不进他的话。凡是爱虚荣的人只听得进赞美的话。

他问小王子："你真的崇拜我吗？"

"崇拜是什么意思？"

"崇拜嘛，就是承认我是星球上最美的人，服饰最好的人，最富有的人，最聪明的人。"

"可您是您的星球上唯一的人呀！"

"让我高兴吧，请你还是来崇拜我吧！"

小王子轻轻地耸了耸肩膀，说道："我崇拜你，可是，这对你有什么用呢？"

于是，小王子就走开了。

小王子在路上，自言自语地说了一句："这些大人，的确十分古怪。"

XII

　　小王子访问的下一颗星球，住着一个酒鬼。访问时间很短，却使小王子非常忧伤。

　　"你在干什么？"小王子问酒鬼。酒鬼默默地坐在那里，面前一堆酒瓶子，有的装着酒，有的是空的。

　　"我在喝酒。"他阴沉忧郁地答道。

　　"为什么喝酒？"小王子问。

　　"为了忘却。"酒鬼回答。

　　"忘却什么呢？"小王子已经有些可怜酒鬼，问道。

　　酒鬼垂下脑袋道："为了忘却羞愧。"

　　"你羞愧什么？"小王子很想救助他。

　　"羞愧我喝酒。"酒鬼说完这句后，就再也不开口了。

　　小王子迷惑不解地离开了。

　　在旅途中，他自言自语道："这些大人确实怪。"

《六个星球的狂欢》 ☆ 麻胶版画 ☆ 齐鑫 2015

XIII

　　第四颗行星，是一个实业家的星球。这个人忙得不可开交，小王子到的时候，他连头都没有抬一下。

小王子对他说："您好。您的烟灭了。"

"三加二等于五。五加七等于十二。十二加三等于十五。你好。十五加七，二十二。二十二加六，二十八。没有时间再点它了。二十六加五，三十一。哇！一共是五亿一百六十二万二千七百三十一。"

"五亿什么呀？"

"嗯？你还在这儿？五亿一百万……我也不知道是什么了。我的工作很多……我是很严肃的，我可没有功夫闲聊！二加五得七……"

"五亿一百万什么呀？"小王子又问道。他提出了问题，是不会放弃的。

实业家抬起头，说：

"我住在这个星球五十四年以来，只被打搅过三次。第一次是二十二年前，不知从哪儿跑来一只金龟子①打搅我。它发出一种可怕的噪音，使我一笔账中就出了四个差错。第二次，在十一年前，我风湿病发作，因为缺乏运动。我没有功夫闲逛。我可是个严肃的人。现在……这是第三次！我计算的结果是五亿一百万……"

"几百万个什么？"

这位实业家知道想安宁是没有指望了，就说道：

"几百万个小东西，这些小东西有时出现在天空中。"

"苍蝇吗？"

"不是，是闪闪发光的小东西。"

"是蜜蜂吗？"

"不是，是金黄色的小东西，这是些令那些懒汉们胡思乱想的小东西。我是个严肃的人。我没有时间胡思乱想。"

"哦，是星星吗？"

"对，就是星星。"

"你要拿这五亿颗星星做什么？"

"五亿一百六十二万二千七百三十一颗星星。我是个严肃的人，我非常精确。"

"你拿这些星星做什么？"

"我要它们做什么？"

"是呀。"

"什么也不做。它们都是属于我的。"

"星星是属于你的？"

"是的。"

"可是我已经见到过一个国王，他……"

"国王并不占有，他们只是进行'统治'。这不是一回事。"

"拥有这么多星星你有什么用？"

"能让我富有。"

"富了有什么用？"

"富了就可以去买别的星星，如果发现了还有别的星星的话。"

"这个人想问题有点像那个酒鬼。"小王子想。

他又提了一些问题：

"你怎样才能占有星星？"

"那你说星星是谁的？"实业家不高兴地顶了小王子一句。

"我不知道，它们不属于任何人。"

"它们就是我的，因为是我第一个想到了这件事的。"

"这就行了吗？"

"那当然了。你发现了一颗没有主人的钻石，这颗钻石就是属于你的。你发现一个岛是无主的，那么这个岛就是你的。首先想出一个办法，去领一个专利证，这个办法就是属于你的。既然在我之前不曾有任何人想到要拥有这些星星，那我就拥有这些星星。"

"这倒也是。可你用它们来干什么呀？"小王子说。

"我经营管理它们。我一遍又一遍地计算它们的数目。这很难。但我是一个严肃认真的人！"

小王子仍不满足，他说：

"我如果有一条围巾，我可以用它来围脖子戴着它。我有一朵花，我就可以摘下把它带走。可你却不能摘下这些星星呀！"

"我不能摘，但我可以把它们存在银行里。"

"这是什么意思呢？"

"这就是说，我把星星的数目写在一张小纸条上，然后把这张小纸条锁在抽屉里。"

"这就完事了？"

"这样就行了。"

"真好玩。倒蛮有诗意，可这并不算是了不起的正经事。"小王子想道。

关于什么是正经事，小王子的看法与大人们的看法非常不同。

他接着又说："我有一朵花，我每天都给她浇水。我还有三座火山，我每星期都把它们打扫一遍，连死火山也打扫，谁知道它会不会复活。我拥有火山和花，这对我的火山有益处，对我的花也有益处。你对星星并没有用处……"

实业家张口结舌，无言以对。于是，小王子就走了。

旅途中，小王子只是对自己说了一句："大人们真是奇怪极了。"

译注

[1] 金龟子，金龟子科昆虫的总称，全世界有超过 26,000 种。除了南极洲以外的大陆都有。不同的种类生活于不同的环境，如沙漠、农地、森林和草地等。非洲产的大角金龟 (Goliathus，共 11 种)，如大角金龟 (Goliathus goliatus)、帝王大角金龟 (Goliathus regius)、白纹大角金龟 (Goliathus orientalis)等，是世界上最大和最重的花金龟种类。独角仙亦属金龟子的家族成员。金龟子的触角呈鳃叶状，锤节的部分常呈多分叉状。

幼虫多生活于土中，以土中有机物为食。成虫食性各异，有的以植物各部分(根、茎、叶、花、果实、种子)为食，有的以腐败有机物为食，也有以粪便为食者。

XIV

　　第五颗行星，非常奇怪，是这些行星中最小的一颗。行星上只能容得下一盏路灯和一个点路灯的人。小王子怎么也想不通：这个既没有房屋又没有居民的行星上，要一盏路灯和一个点灯的人做什么用。

他猜想："这个人思想可能不正常。但比那个国王，那个爱虚荣的人，那个酒鬼，那个实业家，要好些。至少他的工作还有点意义。他点亮了他的路灯时，就像增添了一颗星，或开了一朵花。当他熄灭了路灯，就像让星星或花朵睡着了似的。这差事真美妙，就是真正有用的了。"

小王子一到这颗行星上，就很尊敬地向点灯的人打招呼：

"早上好。你刚才为什么把路灯灭了呢？"

"早上好。这是命令。"点灯的人回答道。

"命令是什么？"

"就是熄灭我的路灯。晚上好。"

于是，他又点燃了路灯。

"你为什么又把它点着了呢？"

"这是命令。"点灯的人回答。

"我不明白。"小王子说。

"没什么要明白的。命令就是命令。"点灯的回答说，"早上好。"

于是他又熄灭了灯。

然后，他拿出一块有红方格子的手绢擦了擦额头。

"我干的是一种可怕的职业。以前还说得过去，早上熄灯，晚上点灯，剩下的时间，白天就休息，夜晚就睡觉……"

"后来命令改变了，是吗？"

点灯的人说："命令没有变，惨就惨在这里了！这颗行星一年比一年转得快，而命令却没有变。"

"结果呢？"小王子问。

"现在每分钟转一圈，我连一秒钟的休息时间都没有了。每分钟我就要点一次灯，熄一次灯！"

"真有趣，你这里，每天只有一分钟长？"

"一点趣味也没有，"点灯的人说，"我们俩在一块儿就已经有一个月的时间了。"

"一个月？"

"对。三十分钟。三十天！晚上好。"

于是他又点亮了他的路灯。

小王子瞅着他，他喜欢这个点灯人如此忠守命令。他想起了自己从前挪动椅子寻找日落的事。他很想帮帮他的这位朋友。

"告诉你，我知道一种能使你休息的办法，你要什么时候休息都可以。"

"我想休息。"点灯人说。

人是忠实的，又是懒惰的。

小王子接着说：

"你的这颗星这么小，三步就可以绕它一圈。你只要慢慢地走，就可以一直在太阳的照耀下，你想休息的时候，你就这样走……那么，你要白天有多长它就有多长。"

"这办法帮不了我多大忙，我喜欢的就是睡觉。"点灯人说。

"真不走运。"小王子说。

"真不走运。"点灯人说，"早上好。"

于是他又熄灭了路灯。

小王子在他继续往前旅行的途中，自言自语道：

"这个人一定会被其他那些人，国王呀，爱虚荣的人呀，酒鬼呀，实业家呀，所瞧不起。唯有他我不感到可笑。他所关心的是别的事，而不是他自己。"

他惋惜地叹了口气，自语道：

"本来这是我唯一可以交成的朋友。可是他的星球确实太小了，住不下两个人……"

小王子没有勇气承认的是：他留恋这颗令人赞美的行星，特别是在那里每二十四小时就有一千四百四十次日落！

XV

　　第六颗行星，比其他的星要大十倍。上面住着一位老先生，他在写作大部头的书。

"瞧！来了一位探险家。"老先生看到小王子时叫了起来。

小王子在桌旁坐下，有点气喘吁吁。他已经走了很多路了！

"你从哪儿来的呀？"老先生问小王子。

"这是一本什么书？这么厚？你在这里干什么？"小王子问道。

"我是地理学家。"老先生答道。

"什么是地理学家？"

"地理学家，就是一种学者，他知道哪里有海洋、江河、城市、山脉、沙漠。"

"这挺有意思。"小王子说，"这才是一种真正的行当。"他朝四周看了看这位地理学家的星球。他还从来没有见过一颗如此壮观的行星。

"您的星球真美呀。上面有海洋吗？"

"这我没法知道。"地理学家说。

"啊！"小王子大失所望，"那么，山脉呢？"

"这，我没法知道。"地理学家说。

"那么，有城市、河流、沙漠吗？"

"我也没法知道。"地理学家说。

"可您是地理学家呀！"

"一点不错，"地理学家说，"但我不是探察家。我手下一个探察家都没有。地理学家是不去计算城市、河流、山脉、海洋、沙漠的。地理学家很重要，不能到处跑。他不能离开办公室。他可以在办公室里接见探察家。他询问探察家，把他们的回忆记录下来。如果他认为其中有个探察家的回忆是有意思的，那么地理学家就对这个探察家的品德做一番调查。"

"为什么呢？"

"一个说假话的探察家会给地理学 带来灾难性的后果。同样，一个太爱喝酒的探察家也是如此。"

"这又是为什么？"小王子说。

"喝醉酒的人把一个看成两个，地理学家就会把只有一座山的地方写成两座山。"

"我认识一个人，他要是搞探察的话，很可能是个不好的探察员。"小王子说。

"这是可能的，如果探察家的品德不错，就对他的发现进行调查。"

"去看一看吗？"

"不。那太复杂了。要求探察家提出证据来。例如，假使他发现了一座大山，就要求他带来一些大石头。"

地理学家忽然忙乱起来。

"正好，你从老远来的！你是个探察家！你来给我介绍一下你的星球吧！"

于是，已经打开登记簿的地理学家，削起他的铅笔来。他首先是用铅笔记下探察家的叙述，等到探察家提出了证据以后再用墨水笔记下来。

"怎么样？"地理学家询问道。

"啊！我那里，"小王子说道，"没有多大意思，那儿很小。我有三座火山，两座是活的，一座熄灭了。也很难说。"

"很难说。"地理学家说道。

"我还有一朵花。"

"我们是不记载花卉的。"地理学家说。

"这是为什么？花是最美丽的东西。"

"因为花卉是短暂的。"

"什么叫短暂？"

"地理学书籍是所有书中最严肃的书。"地理学家说道，"这类书是从不会过时的。很少会发生一座山变换了位置，很少会出现一个海洋干涸的现象。我们写永恒的东西。"

"但是熄灭的火山也可能会复活的。"小王子打断了地理学家，"什么叫短暂？"

"火山熄灭的也好，苏醒的也好，对我们来讲都是一回事。"地理学家说，"对我们，重要的是山。山是不会变换位置的。"

"'短暂'是什么意思？"小王子再三地问道。他一旦提出问题是从不放过的。

"意思就是：会很快消失。"

"我的花会很快消失吗？"

"那当然。"

小王子自言自语道："我的花是短暂的，而且只有四根刺来防御外侮！可我还把她独自留在家里！"

这是他第一次产生了悔意，但又重新振作起来：

"您是否能建议我去看些什么？"小王子问道。

"地球这颗行星，"地理学家回答说，"它的名望很高……"

于是小王子就走了，他一边走一边想着他的花。

XVI

第七颗行星，就是地球了。

地球可不是一颗普通的行星！它上面有一百一十一个国王（当然，没有漏掉黑人国王），七千个地理学家，九十万个实业家，七百五十万个酒鬼，三亿一千一百万个爱虚荣的人，也就是说，大约有二十亿的大人。

为了使你们对地球的大小有一个概念，我要告诉你们：在发明电之前，六大洲，为了点路灯，需要一支为数四十六万二千五百一十一人的真正大军来维持管理。

从稍远的地方看，它壮丽辉煌。这支军队的行动就像歌剧院的芭蕾舞动作一样，有条不紊。首先出现的是新西兰和澳大利亚的点灯人。点亮了灯，他们就去睡觉了。于是，就轮到中国和西伯利亚的点灯人走上舞台。随后，他们也藏到幕布后面去了。于是就又轮到俄罗斯和印度的点灯人了。然后就是非洲和欧洲的。接着是南美的，再就是北美的。他们从来也不会搞错上场的次序。真了不起。

北极仅有一盏路灯，南极也只有一盏；唯独北极的点灯人和他南极的同行，过着闲逸、懒散的生活：他们每年只需工作两次。

XVII

　　人说俏皮话的时候，话就可能会不大实在。在给你们讲点灯人的时候，我就不那么忠实，很可能给不了解我们这颗星球的人们造成错误的概念。在地球上，人所占的位置非常小。如果住在地球上的二十亿居民全站着，像开大会一样靠得紧些，那么就可以从容地站在一个二十海里见方的广场上。也就是说可以把整个人类集中在太平洋中一个最小的岛屿上。

　　大人们是不会相信你们的。他们自以为要占很大地方，他们把自己看得像猴面包树那样大得了不得。你们可以建议他们计算一下。这样会使他们高兴，因为他们就喜欢数字。你们无须浪费时间去做乏味的连篇累牍的演算。没有必要。你们可以完全相信我。

小王子到了地球上感到非常奇怪，他一个人也没有看到，他正担心自己跑错了星球。这时，有一个月光色的圆环在沙地上蠕动。

小王子毫无把握地随便说了声："晚安。"

"晚安。"蛇答道。

"我落在什么星球上了？"小王子问道。

"地球上呀，在非洲。"蛇答道。

"啊……怎么，难道地球上没有人吗？"

"这里是沙漠，沙漠中没有人。地球很大的。"蛇说。

小王子坐在一块石头上，抬眼望着天空，说道：

"我想这些星星闪闪发亮，是为了让每个人将来有一天都能重新找到自己的星球。看，我那颗行星。恰好在我们头顶上……可是，它离我们好远！"

"它很美。"蛇说，"你到这里来干什么？"

"我和花闹别扭了。"小王子说。

"啊！"蛇说道。

于是都沉默下来。

"人在什么地方？"小王子终于又开了腔，"沙漠，真孤独……"

"到了有人的地方，也一样孤独。"蛇说。

小王子久久地看着蛇。

"你是个奇怪的动物，细得像根手指头……"小王子终于说道。

"但我比国王的手指更有威力。"蛇答道。

小王子微笑着说：

"你并不那么有威力……你连脚都没有……你甚至都不能旅行……"

"我可以把你带到很远的地方，比船能去的地方还要远。"蛇说道。

蛇就盘结在小王子的脚腕子上，像一只金镯子。

"被我碰触的人，我就把他送回老家去。"蛇还说，"你是纯洁的，从另一个星球上来……"

小王子什么也没有回答。

　　"在这个花岗石的地球上，你这么弱小，我很可怜你。如果你非常怀念你的星球，我可以帮助你。我可以……"

　　"啊！我很明白你的意思。"小王子说，"你为什么说话总是像让人猜谜语似的？"

　　"这些谜语我都能解开的。"蛇说。

　　于是，他们又都沉默起来。

XVIII

　　小王子穿过沙漠。他只见到一朵花，一朵有着三枚花瓣的花，很不起眼的小花……

　　"你好。"小王子说。

　　"你好。"花说。

"人在哪儿？"小王子有礼貌地问道。

有一天，花曾看见一支骆驼商队走过：

"人吗？几年前，我想大约有六七个人，我见过他们。可是，不知道到什么地方去找他们。风吹着他们到处跑。他们没有根，这对他们是很不方便的。"

"再见了。"小王子说。

"再见。"花说。

XIX

　　小王子爬上一座高山。过去他见过的山就是那三座只有他膝盖那么高的火山，并且他把那座熄灭了的火山当作凳子。

　　小王子自言自语地说道："从这么高的山上，我一眼就可以看到整个星球，以及所有的人。"

　　可是，他所看到的只是一些非常陡的悬崖峭壁。

"你好。"小王子试探地问道。

"你好……你好……你好……"回音答道。

"你们是什么人？"小王子问。

"你们是什么人……你们是什么人……你们是什么人……"回音答道。

"请你们做我的朋友吧，我很孤独。"他说。

"我很孤独……我很孤独……我很孤独……"回音答道。

小王子想："这颗行星真奇怪！上面全是干巴巴的，又尖利又咸涩，人们一点想象力都没有。他们只是重复别人对他们说的话……在我的家乡，我有一朵花。她总是先说话……"

XX

小王子在沙漠、岩石、雪地上行走了很长的时间以后，终于发现了一条大路。所有的大路都通往人住的地方。

"你们好。"小王子说。

这是一个玫瑰盛开的花园。

"你好。"玫瑰花答道。

小王子瞧着这些花,她们全都和他的那朵花一样。

"你们是什么花?"小王子惊奇地问。

"我们是玫瑰花。"花们答道。

"啊!"

他感到很伤心。他的花曾对他说,她是整个宇宙中独一无二的花。可是,仅在这座花园里就有五千朵完全一样的这种花!

小王子对自己说:"如果她看到这些,她一定会很恼火……她会咳嗽得更厉害,并且为避免让人耻笑,她会佯装死去。那么,我还得装着去护理她,如果不这样的话,她为了使我难堪,她可能会真的死去……"

接着他又说道:"我还以为我有一朵独一无二的花,我有的仅是一朵普通的花。这朵花,加上三座只有我膝盖那么高的火山,其中一座还可能永远熄灭,这一切不会使我成为一个了不起的王子……"于是,他趴在草丛中哭泣起来。

XXI

这时，跑来了一只狐狸。

"你好。"狐狸说。

"你好。"小王子有礼貌地回答。他转过身，什么也没看到。

"我在这儿，苹果树下。"那声音说。

"你是谁？"小王子说，"你很漂亮。"

"我是狐狸。"狐狸说。

"和我一起玩吧，"小王子建议道，"我很苦恼……"

"我不能和你一起玩，"狐狸说，"我还没有被驯化呢。"

"啊！真对不起。"小王子说。

想了一会儿，他又说道：

"什么叫'驯化'呀？"

"你不是此地人。"狐狸说，"你来寻找什么？"

"我来找人。"小王子说，"什么叫'驯化'呢？"

"人，"狐狸说，"他们有枪，他们还打猎，这真碍事！他们也养鸡，这是他们唯一的可取之处，你是来寻找鸡的吗？"

"不，"小王子说，"我是来找朋友的。什么叫'驯化'呢？"

"这是早就被人遗忘了的事情，"狐狸说，"它的意思就是'建立联系'。"

"建立联系？"

"一点不错，"狐狸说，"对我，你只是一个小男孩，像其他千万个小男孩一样。我不需要你，你也同样用不着我。对你，我也只不过是一只狐狸，和其他千万只狐狸一样。如果你驯化了我，我们就互相不可缺少了。对我，你就是世界上唯一的；我对你，也是世界上唯一的……"

"有点明白了。"小王子说，"有一朵花……我想，她把我驯化了……"

"这是可能的。"狐狸说，"世界上什么样的事都有可能……"

"啊，这不是在地球上的事。"小王子说。

狐狸感到蹊跷。

"另一个星球上?"

"是的。"

"那个星球上,有猎人吗?"

"没有。"

"这很有意思。有鸡吗?"

"没有。"

"没有十全十美的。"狐狸叹息道。

可是,狐狸又把话题拉回来:

"我的生活很单调。我捕捉鸡,人又捕捉我。所有的鸡全都一样,所有的人也全都一样。我感到有些厌烦。如果你驯化了我,我的生活就一定会是欢快的。我会辨认与众不同的脚步声。其他的脚步声会使我躲到地下去,你的脚步声就会像音乐一样让我从洞里走出来。再说,你看!你看到那边的麦田了吗?我不吃面包,麦子对我,一点用也没有。我对麦田无动于衷。这真使人扫兴。你有着金

《金色麦田》 ☆ 麻胶版画 ☆ 齐鑫 2015

黄色的头发。一旦你驯化了我，会十分美妙。麦子，是金黄色的，它就会使我想起你。我甚至会喜欢上那风吹麦浪的声音……"

狐狸沉默不语，久久地看着小王子。

"请你驯化我吧！"他说。

"我是很愿意的。"小王子回答道，"可我的时间不多了。我还要去寻找朋友，还有许多事物要了解。"

"只有被驯化了的事物，才会被了解。"狐狸说，"人不会有时间去了解任何东西的。他们总是到商人那里去购买现成的东西。世界上还没有购买朋友的商店，所以人也就没有朋友。如果你想要一个朋友，那就驯化我吧！"

"应当怎么做呢？"小王子说。

"应当非常耐心。"狐狸回答道，"开始你就这样坐在草丛中，坐得离我稍微远些。我用眼角瞅着你，你什么也不要说。话语是误会的根源。但是，每天，你坐得靠我更近些……"

第二天，小王子又来了。

"每天你最好还是在原来的那个时间来。"狐狸说道，"比如说，你下午四点钟来，那么从三点钟起，我就开始感到幸福。时间越临近，我就越感到幸福。到了四点钟的时候，我就会坐立不安，我就会发现幸福的代价。如果你随便什么时候来，我就不知道在什么时候该准备好我的心情……应当有一定的仪式。"

"仪式是什么？"小王子问道。

"这也是一种早已被人遗忘了的事。"狐狸说，"它就是使某一天与其他日子不同，使某一时刻与其他时刻不同的活动。比如，那些猎人就有一种仪式。每星期四他们都和村子里的姑娘们跳舞。

于是，星期四就是一个美好的日子！我可以一直散步到葡萄园。如果猎人们什么时候都跳舞，天天又全都一样，我也就没有假期了。"

就这样，小王子驯化了狐狸。分别的时刻就要来临了。

"啊！"狐狸说，"我一定会哭的。"

"这是你的过错，"小王子说，"我本来并不想给你任何痛苦，可你却要我驯化你……"

"是这样的。"狐狸说。

"你可就要哭了！"小王子说。

"当然啦。"狐狸说。

"那你什么好处也没得到。"

"因麦子颜色的缘故，我还是得到了好处。"狐狸说。

然后，他又接着说：

"再去看看那些玫瑰花吧。你一定会明白，你的那朵是世界上独一无二的。你回来和我告别时，我再赠送给你一个秘密。"

于是，小王子又去看了那些玫瑰。

"你们一点也不像我的那朵玫瑰，你们还什么都不是！"小王子对她们说。"没有人驯化过你们，你们也没有驯化过任何人。你们就像我的狐狸过去那样，只是和千万只别的狐狸一样的一只狐狸。我现在已经把他当成我的朋友，他现在就是世界上独一无二的了。"

这时，那些玫瑰花显得十分难堪。

"你们很美，但你们是空虚的。"小王子仍然在对她们说，"没有人能为你们去死。当然，我的那朵玫瑰花，一个普通的过路人以为她和你们一样。可是，她单独一朵就比你们全体更重要，因为她是我浇灌的。她是我放在花罩中的。她是我用屏风保护起来的。她身上的毛虫（除了留下两三只为了变蝴蝶以外）是我除灭的。我倾听过她的怨艾和自诩，甚至有时我聆听她的沉默。因为她是我的玫瑰。"

他又回到狐狸身边。

"再见了。"小王子说道。

"再见。"狐狸说，"喏，这就是我的秘密。很简单：只有用心才能看得清。实质性的东西，用眼睛是看不见的。"

"实质性的东西，用眼睛是看不见的。"小王子重复着这句话，以便能把它记在心间。

"正因为你为你的玫瑰花费了时间，才使你的玫瑰变得如此重要。"

"正因为你为你的玫瑰花费了时间……"小王子又重复着，要使自己记住这些。

"人们已经忘记了这个道理，"狐狸说，"你不应该忘记它。你现在要对你驯化过的一切负责到底。你要对你的玫瑰负责……"

"我要对我的玫瑰负责……"小王子又重复着……

《金色麦田》 ☆ 麻胶版画 ☆ 齐鑫 2015

XXII

"你好。"小王子说。

"你好。"扳道工答。

"你在这里做什么？"小王子问。

"我一批批地分送旅客，按每千人一批。"扳道工说，"我打发这些运载旅客的列车，一批发往右方，一批发往左方。"

这时，一列灯火明亮的快车，雷鸣般地飞过，把扳道房震得晃晃悠悠。

"他们真忙呀，"小王子说，"他们在寻找什么？"

"开车的人自己也不知道。"扳道工答道。

第二列灯火通明的快车，又朝着相反的方向轰隆轰隆地开过去。

"这么快又回来了？"小王子问。

"他们不是原来那批人了。"扳道工说，"这是对开车。"

"他们不满意原来住的地方吗？"

"人总是不满意自己所处的位子。"扳道工说。

瞬间，第三趟灯火明亮的快车又轰隆而过。

"他们是在追赶第一批旅客吗？"小王子问。

"他们什么也不追。"扳道工说，"他们在里面睡觉，或是打哈欠。只有孩子们把鼻子贴在玻璃窗子上面往外看。"

"只有孩子们知道他们在寻找什么。"小王子说，"他们为一个布娃娃花费不少时间，这个布娃娃就成了很重要的东西，如果有人夺走他们的布娃娃，他们就会哭……"

"他们真幸运。"扳道工说。

《火车》 ☆ 麻胶版画 ☆ 齐鑫 2015

XXIII

"你好。"小王子说。

"你好。"商人答道。

这位是卖止渴丸的商人。每周吞服一丸就不会感觉口渴。

"你为什么卖这玩意儿？"小王子问。

"这能节约时间。"商人道，"专家们计算过，吞服一丸，每周可以节约五十三分钟。"

"那么，用这五十三分钟做什么用？"

"想怎么用就怎么用……"

小王子自言自语道："如果我有五十三分钟，我就慢悠悠地走向水泉……"

《火车》 ☆ 麻胶版画 ☆ 齐鑫 2015

XXIV

这是我在沙漠出事故的第八天。我听着这个商人的故事，喝完了备用的最后一滴水。

"啊！"我对小王子说，"你回忆的这些故事很动人。可我还没有修好飞机，也没有喝的了，假如我能慢悠悠地走到水泉边去，我一定会很高兴的！"

"我的朋友狐狸……"小王子对我说。

"小家伙，现在还说什么狐狸！"

"为什么？"

"就要渴死人了。"

他不明白我的意思，他答道：

"就算快要死了，有过一个朋友也好呀！我为我有过一个狐狸朋友而高兴……"

"他不明白现在有多危险。"我思量着，"他从来不知道饥渴。只要有点阳光，他就满足了……"

他看着我，看透了我的想法：

"我也渴……我们去找一口井吧……"

我烦透了：茫茫大沙漠，哪儿去找水井，真荒唐。但我们还是去找了。

默默地找了好几个小时，天黑了下来，星星开始发亮。我渴得有点发烧，看着这些星星，像做梦一样。小王子的话在我的脑海里蹦来跳去。

"你渴吗？"我问他。

他不回答我的问题，只是对我说：

"水对心是有益处的……"

我不懂他的话的意思，不作声……我不应该问他。

他累了，坐了下来。我在他身边坐下。沉默了一会儿，他又说道：

"星星是很美的，因为有一朵人们看不到的花……"

我回答道："当然。"我默默地看着月光下层层起伏的沙漠。

"沙漠是美的。"他又说道。

的确如此。我一直很喜欢沙漠。我们坐在一个沙丘上，什么也看不见、听不见。但是，却有一种说不出的感觉在默默地闪着光芒……

"沙漠这么美，是因为在某个角落里，藏着一口井……"

我很惊讶，突然明白了为什么沙漠闪着光芒。我还是小孩子的时候，住在一座古老的房子里，传说，这个房子里埋藏着一个宝贝。当然，没有任何人能发现它，甚至也没有人去寻找过。但是，这个宝贝却使整个房子充满魅力。我家的房子在它的心灵深处隐藏着一个秘密……

"是的，"我对小王子说道："无论是房子，星星，还是沙漠，使它们美丽的东西是看不见的！"

"我真高兴，你和我的狐狸的看法是一样的。"小王子说。

小王子睡着了，我把他抱在怀里，重新上路。我很激动。好像抱着一个脆弱的宝贝。地球上没有比这更脆弱的宝贝了。借着月光看着他惨白的脸庞，紧闭的眼睛，随风飘动的绺绺头发，我心想："我看到的仅仅是他的外表。最重要的是看不见的……"

他微张的嘴唇露出一丝微笑，我心想："这个熟睡的小王子身上，使我感动的，是他对他那朵花的忠诚，是他心中闪烁的那朵玫瑰花的形象。这朵玫瑰花，即使在小王子睡着了的时候，也像一盏灯的火焰，在他的身上闪耀着光辉……"

我感到他更加脆弱。应该保护灯焰：一阵风就可能把它吹灭……

就这样走着，黎明时，我发现了水井。

XXV

"那些人，他们往车里挤，但是他们却不知道要找什么。他们忙忙碌碌，不停地来回转圈……"小王子说道。

接着他又说：

"真没有必要……"

我们终于找到了水井，不同于撒哈拉的井。撒哈拉的井只是在沙漠中挖的洞。这口井很像村中的井。可那儿又没有村庄，我还以为是在做梦。

"真怪，"我对小王子说："都有——辘轳、水桶、绳子……"

他笑了，抓住绳子，转动着辘轳。辘轳就像一个长期没有风来吹动的旧风标，吱吱作响。

"你听，"小王子说："我们唤醒了这口井，它现在唱起歌来了……"

我不愿让他受累。

我对他说：

"让我来干吧。这活对你太重了。"

我慢慢把水桶提到井口。我把它稳稳地放好。我的耳朵里还响着辘轳的歌声。还在晃荡的水面上，我看见太阳的影子在晃动。

"我好想喝水。"小王子说，"给我喝点……"

这时，我才明白，他所要找的是什么！

我把水桶提到他的嘴边。他闭着眼睛喝着。像过节。这水不仅是一种饮料，它是披星戴月走了许多路才找到的，是在辘轳的歌声中，经过双臂的努力才得到的。它是劳动馈赠的礼品，慰藉着心灵。我小的时候，圣诞树的灯光，午夜弥撒的音乐，甜蜜的微笑，这一切使圣诞节我收到的礼品闪耀着幸福的光辉。

"你这里的人，"小王子说，"在一座花园中种植了五千朵玫瑰。他们却不能从中找到自己要找的东西……"

"他们是找不到。"我回答道。

"他们寻找的东西，是从一朵玫瑰花或一滴水中找到的……"

"一点不错。"我回答道。

小王子又加了一句：

"用眼睛是看不见的。应该用心去寻找。"

我喝了水，呼吸更加顺畅。沙漠在晨曦中浮现出蜜样的光泽。

这蜜样的光泽使我感到幸福。我为什么要难过……

　　小王子重新在我的身边坐下。他温柔地对我说："你应该信守你的诺言。"

　　"什么诺言？"

　　"你知道……给我的小羊画一个嘴套……我要对我的花负责呀！"

　　我从口袋里拿出我的画稿。小王子瞧见了，笑着说：

　　"你画的猴面包树，有点像白菜……"

　　"啊！"

　　我还以为我画的猴面包树很好呢！

　　"你画的狐狸……它的耳朵……有点像羊角……而且太长了！"

　　说完，他又笑了。

　　"小家伙，你太不公正了。我只会画开着肚皮和闭着肚皮的蟒。"

　　"啊！这就行了。"他说，"孩子们看得懂。"

　　我用铅笔勾画了一个嘴套，把它递给小王子时，心里很难受。

　　"你的心事，我一点也不懂……"

　　他不解释，然后对我说：

　　"你知道，我落在地球……到明天就一周年了……"

　　沉默了一会儿，他接着又说道：

　　"就落在这附近……"

　　他的脸红了。

　　不知为什么，我又感到一阵莫名其妙的心酸。突然产生了一个问题：

"一个星期以前，我认识你的那天早晨，你独自一人在荒无人烟的地方走着。这么说，并不是偶然的了？你要回到你降落的地方去是吗？"

小王子的脸又红了。

犹豫不定，我又说了一句：

"是因为周年纪念吧？……"

小王子脸又红了。他从不回答这些问题，但是，脸红，就等于说"是的"，是吧？

"啊！"我对他说，"我有点怕……"

他却回答我说：

"你现在该工作了。你应该回到你的机器那儿去。我在这里等你。你明晚再来……"

但是，我放心不下。我想起了狐狸的话。人如果被驯化了，就可能会哭……

XXVI

井的旁边，有一堵残缺的古石墙。第二天晚上，我工作回来的时候，远远地看见小王子耷拉着双腿坐在墙上。我听见他在说话。

"你怎么不记得了？"他说，"绝不是这儿。"

好像还有另一个声音在回答他，因为他搭腔说道：

"没错，没错，日子没错；但地点不是这儿……"

我继续朝墙走去。我还是看不到，也听不见任何别人的声音。小王子又回答道：

"……那当然。你会在沙上看到我的脚印是从什么地方开始的。你在那里等着我就行了。今天夜里我去那儿。"

我离墙约有二十米远，依然什么也没有看见。

小王子沉默了一会儿，又说：

"你的毒液真管用吗？你保证不会使我长时间地痛苦？"

我焦虑地赶上前去，仍不明白是怎么回事。

"现在你去吧，我要下来了……"小王子说。

于是，我也朝墙下看去，吓了一跳。在那儿，一条黄蛇直着身子冲着小王子。这种黄蛇半分钟就能结束人的性命。我一面赶紧掏口袋，拔出手枪，一面跑过去。一听到我的脚步声，蛇像一股干涸的水柱一样，钻进沙里去了。它不慌不忙地在石头的缝隙中钻动着，发出金属般的响声。

我冲到墙边的时候，正好把我的小王子接到怀中。他的脸色雪一般惨白。

"怎么了！你怎么和蛇谈起来了！"

我解开他一直戴着的金黄色的围脖。用水湿了他的太阳穴，让他喝了点水。我什么也不敢再问他了。他严肃地看着我，用双臂搂着我的脖子。我感到他的心就像一只被枪弹击中濒于死亡的鸟的心脏一样动着。他对我说：

"我很高兴，你终于把你的机器修好了。不久你就可以回家

《蛇的预言》 ☆ 麻胶版画 ☆ 齐鑫 2015

了……"

"你怎么知道的？"

我正是来告诉他，无助中，我成功地完成了修理工作。

他不回答我的问题，接着说道：

"我也一样，今天，就要回家去了……"

然后，他忧伤地说：

"我回家要远得多……要难得多……"

我感觉到发生了某种不寻常的事。我把他当作小孩一样紧紧抱在怀里，感到他径直向着一个无底深渊沉陷下去，我想拉住他，却怎么也办不到……

他的眼神很严肃，望着遥远的地方。

"我有你画的羊，羊的箱子和羊的嘴套……"

他凄然地微笑着。

等了很长时间，我才觉得他的身子渐渐暖和起来。

"小家伙，你受惊了……"

无疑，他害怕了！他却温柔地笑着说：

"今晚，我会更害怕……"

我再度意识到发生了一件不可弥补的事。我觉得心一下子就凉了。想到再也不能听到他的笑声，就不能忍受。他的笑声对我来说，就好像是沙漠中的甘泉。

"小家伙，我还想听你笑……"

但他对我说：

"到今天夜里，正好是一年了。我的星球将正好处在我去年降落的那个地方的上空……"

"小家伙，这蛇的事，约会的事，还有星星，其实全是一场噩梦吧？"

他并不回答我的问题。对我说：

"重要的事，是看不见的……"

"当然……"

"就像花一样。如果你爱上了一朵生长在一颗星星上的花，夜间，你看着天空就感到甜蜜愉快。所有的星星上都好像开着花。"

"当然……"

"也像水一样，那辘轳和绳子……你给我喝的井水音乐一般……你记得吗？这水非常好喝……"

"当然……"

"夜晚，你抬头看星星，我的那颗太小了，无法给你指出它在哪里。这样更好。你可以认为我的那颗星星就在这些星星之中。那么，所有的星星，你都会喜欢……这些星星都将成为你的朋友。而且，我还要给你一件礼物……"

他又笑了。

"啊！小家伙，小家伙，我喜欢听你这笑声！"

"这正好是我给你的礼物……这就好像水那样。"

"你这话是什么意思？"

"人眼里的星星并不都一样。对旅行的人，星星是向导；对别的人，星星只是些小亮光；对学者，星星就是他们探讨的学问；对我所遇见的那个实业家，星星是金钱。但是，所有这些星星都不会说话。你呢，你的那些星星将是任何人都不曾有过的……"

"你这话是什么意思？"

　　"夜晚，你望着天空的时候，我就住在其中一颗星上，我在其中的一颗星上笑着，那么对你来说，就好像所有的星星都在笑，那么你将看到的星星就是会笑的星星！"

　　这时，他又笑了。

　　"在你得到了安慰之后（人总是会自我安慰的），你就会因为认识了我而高兴。你将永远是我的朋友。你就会想要同我一起笑。有时，你会为了快乐而不知不觉地打开窗户。你的朋友会奇怪地看着你笑着仰望星空。那时，你就可以对他们说：'是的，星星总是引我欢笑！'他们会以为你发疯了。我的恶作剧将使你难堪……"

　　这时，他又笑了。

　　"就好像我并没有给你星星，而是给你一大堆会笑出声来的小铃铛……"

　　他仍然笑着。随后严肃起来：

　　"今天夜里……你知道……不要来了。"

　　"我不会离开你。"

　　"我将会像是很痛苦的样子……我有点像要死去似的。就是这么回事，你就别来看这些了，没有必要。"

　　"我不离开你。"

　　他担心起来。

　　"我对你说这些……也是因为蛇的缘故。别让它咬了你……蛇是很坏的，它随意咬人……"

　　"我不离开你。"

　　他似乎有点放心了：

　　"它咬第二口的时候就没有毒了……"

　　这天夜里，我没有看到他。他悄悄地走了。当我终于赶上他的时候，他坚定地快步走着。他只是对我说道：

　　"啊，你来了……"

　　于是，他拉着我的手。仍然很担心：

　　"你不该这样。你会难受的。我会像死去的样子，但这不会是真的……"

　　我默默无言。

　　"你明白，路很远。我不能带着这身躯走。它太重了。"

　　我依然沉默不语。

　　"这就好像剥落的旧树皮一样。旧树皮，并没有什么可悲的。"

　　我还是沉默不语。

　　他有些泄气了。但他又振作起来：

　　"会好的，你知道。我也一定会看星星的。所有的星星都将是带有生了锈的辘轳的井。所有的星星都会倒水给我喝……"

　　我还是沉默不语。

　　"多么好玩啊！你将有五亿个铃铛，我将有五亿口水井……"

　　这时，他也沉默了，因为他哭了起来。

　　"就是这儿。让我自个儿走一步吧。"

他这时坐下来，因为他害怕了。他却仍然说道：

"你知道……我的花……我是要对她负责的！她是那么弱小！又是那么天真。她只有四根微不足道的刺，保护自己，抵抗外敌……"

我也坐了下来，因为我再也站立不住了。他说道：

"就是这些……好了……全都说啦……"

他犹豫了一下，然后站起来。迈出了最后一步。而我却动弹不得。

在他脚踝骨附近，一道黄光闪了一下。刹那间，他一动也不动了。没有叫喊。他轻轻地像树一样倒在地上，沙地的缘故，一点响声都没有。

《升天》 ☆ 麻胶版画 ☆ 齐鑫 2015

XXVII

到现在，不错，已经有六年了……我从未讲过这个故事。朋友们重新见到我，都为见我活着回来而高兴。我却很悲伤。我告诉他们："疲劳的缘故……"

现在，我稍感欣慰。就是说……还没有完全平复。我知道他已经回到了他的星球。那天黎明，我没有再见到他的身躯。他的身躯并不重……从此，我就喜欢在夜间倾听着星星，好像倾听着五亿个铃铛……

现在却不同了。我给小王子画的羊嘴套，忘了画皮带！他再也不可能把它套在羊嘴上。我担忧："他的星球上会发生什么事？可能小羊把花吃掉了吧……"

有时我又对自己说："绝对不会！小王子每天夜里都用玻璃罩子罩住他的花，他会把羊看管好的……"想到这里，我就非常高兴。

所有的星星都柔情地笑着。

忽而，我又想："人有时免不了疏忽，那就惨了！某一天晚上他忘了罩玻璃罩子，或者小羊夜里不声不响地跑出来……"想到这里，小铃铛都变成泪珠了！

这真是一个很大的奥秘。对喜欢小王子的人来说，对我来说，无论什么地方，凡是某处，如果一只羊，尽管我们并不认识它，吃了一朵玫瑰花，或没吃，宇宙观是全然不同的。

望着天空。想一想：羊究竟是吃了，还是没有吃掉花？你们就会看到一切都变了样……

大人们将永远不会明白这个问题竟如此重要！

《叙述者——飞行员》 ☆ 麻胶版画 ☆ 齐鑫 2015

在我看来，这是世界上最美、最凄凉的景色。上一页跟它前一页的景色是一样的。我再画上一遍，是为了引起你们的注意。这里，就是小王子在地球上出现，然后又消失的地方。

请注意，假若有一天，你们去非洲沙漠旅行，请仔细认一认这个景色，免得错过了。你们若有机会经过那里，我恳请你们，不要匆匆离去，在这颗星下，守候片刻。假若有个孩子走到你们跟前，他微笑，有一头金发，不回答别人的提问，你们就可猜到他是谁了。那时，劳驾你们！不要让我老是这么忧伤，赶快写信告诉我；他回来了……

圣 - 埃克苏佩里年表

■ 1900 年

6 月 29 日，生于法国里昂市。

父母均系贵族。

其父让·德·圣－埃克苏佩里伯爵任保险公司检查员。

其母玛丽·德·丰斯戈隆伯是普洛旺斯省贵族之女，性情温和，爱好艺术。

■ 1904 年

其父去世。

其母携安东尼姐弟五人离家住到其姨妈和外祖母的祖传古堡中。

圣－埃克苏佩里第一次乘火车旅行，对机械产生浓厚兴趣，梦想飞上蓝天。

■ 1909 年

全家迁居勒芒市。圣－埃克苏佩里入圣克鲁瓦教会中学读书。

■ 1912 年

夏，经常徘徊于学校附近的安贝利欧机场。飞行员魏德林被圣－埃克苏佩里的热情感动，带着他第一次飞上天空。

同年，圣－埃克苏佩里拜师学拉小提琴。

■ 1914 年

第一次世界大战爆发。其母为参加护理伤员的工作，将圣－埃克苏佩里兄弟二人送进蒙格雷中学寄宿。兄弟二人苦于森严刻板的约束，只待了一个学期便催促母亲将他们"从这个巫婆的巢穴里拯救了出来"。一家人随后卜居瑞士弗里堡。

■ 1917 年

圣－埃克苏佩里来到巴黎，先后就学于博絮埃中学和圣路易中学。

■ 1919 年

投考海军军官学校。数学成绩名列前茅，法文口试只得了 7 分（满分为 20 分）。考题是："阿尔萨斯省回归法国后，某人重返故里，将做何感想？"圣－埃克苏佩里无言以对，而且拒绝背诵其他"爱国主义的"陈词滥调。结果落第，转而进入美术学校攻读建筑艺术专业。

■ 1921 年

4 月，圣－埃克苏佩里被编进空军，入斯特拉斯堡第二飞行大队，任修理工。省吃俭用凑齐学费，参加民用航空公司的飞行训练，获飞机驾驶员合格证书。首次驾机便险遭意外：发动机燃料出现故障，升空不久便噼啪乱响，浓烟滚滚，勉强着陆。在场的加尔德少校断言："圣－埃克苏佩里，看来你注定不会死在飞机上，否则你早没命了。"

6 月 18 日，开始学驾驶。

12 月 31 日，通过考试，可以飞行。

■ 1922 年

10 月，获军事飞行员合格证书。以少尉军衔被编入第三十四飞行大队歼击机中队。驻扎卡萨布兰卡等地。

■ 1923 年

1 月，圣－埃克苏佩里飞机失事，在布尔热机场头骨被摔破裂，随后被军方遣散，退役。

■ 1925 年

由于未婚妻家长的反对，圣－埃克苏佩里放弃再次入伍的机会，留在巴黎，担任索雷汽车公司的推销员等职。依然在闲暇时间驾机飞行。他的想法是："我酷爱这个行业……尤其是喜欢这种孤独寂寥的感受，只有上升到四千米的高空，与隆隆作响的发动机单独做伴时才会有这种感受。"

■ 1926 年

4 月，经朋友让·普雷沃推荐，圣－埃克苏佩里的短篇小说《飞行员》在《银色之舟》杂志上发表。

同年春，圣－埃克苏佩里入法兰西航空公司任飞行教练。

10 月，圣－埃克苏佩里对写作和飞行产生双重信心。他旧日的老师，博絮埃中学校长萨杜尔神父发现了他的抱负和才能，遂将其介绍给拉泰戈埃尔航空公司。该公司开发部主任狄迪叶·多拉派其负责器材接收工作。

■ 1927 年

春，狄迪叶·多拉满足圣－埃克苏佩里"我想飞……"的要求，令其加入飞行员的行列。圣－埃克苏佩里与著名飞行员梅尔莫兹、吉约梅、艾基安等人开辟了从法国南部的图卢兹到摩洛哥的卡萨布兰卡以及塞内加尔首府达喀尔的邮政航线。圣－埃克苏佩里由一个自由散漫的巴黎少年变成一个生活严谨、热心事业的飞行家。

10 月，被任命为朱比角 (在今摩洛哥境内) 中途站站长。此后的一年半中，圣－埃克苏佩里忠于职守，成绩卓著。在大西洋与撒哈拉沙漠的交接处，他与同伴同舟共济，多次出色地完成了空难救险任务，并与当地土著摩尔人、西班牙殖民军打交道，体验了航空事业开拓者艰苦危险的生活。他利用夜深人静的空闲余暇，伏在两只汽油桶架着一块木板搭成的桌子上，写成了他的第一部文学杰作《南方邮航》。

■ 1928 年

3 月，圣－埃克苏佩里回法国度假。在布列斯特受短期训练后，获海军航空兵高级飞行员证书。

年底，《南方邮航》由伽俐玛尔出版社出版。

圣－埃克苏佩里奔赴南美洲重操飞行员的旧业。

■ 1929 年

10 月，圣－埃克苏佩里受命拉泰戈埃尔公司所属的"阿根廷邮航"公司负责业务开发工作。再次与梅尔莫兹、吉约梅等人共事。

■ 1930 年

4 月 7 日，圣－埃克苏佩里因担任朱比角中途站站长成绩突出荣获法国荣誉团骑士称号。

6 月 22 日，吉约梅驾机飞越安第斯山，在暴风雪中失踪。圣－埃克苏佩里多方搜寻营救，历时五天。

6 月 30 日，圣－埃克苏佩里得知吉约梅已被人搭救，立即亲自将其接回。

从事第二本书《夜航》的创作。书中主人公利维埃的原型即为拉泰戈埃尔公司开发部主任狄迪叶·多拉。

■ 1931 年

3 月，"迪航"公司决策层发生分歧，狄迪叶·多拉辞去开发部主任职务，随其去职。

4 月，与在布宜诺斯艾利斯结识的康素爱罗·森琴结婚。

5 月，重返非洲，担任卡萨布兰卡与艾基安港区间的飞行员。

12 月，《夜航》出版。安德烈·纪德为该书撰写了序言。获费米娜文学奖。

■ 1932 年

任拉泰戈埃尔公司试飞员。驾驶新式水中飞机时险些罹难。

直至第二次世界大战爆发的七年间，圣 - 埃克苏佩里主要住在巴黎，在风云突变的政治环境中过着动荡不安的生活。

■ 1933 年

圣 - 埃克苏佩里试写了一部电视剧本《安娜·玛丽》，未能完成发表。法国政府将各家航空公司合并，成立法兰西航空公司（简称"法航"，Air France)。

■ 1934 年

受雇于"法航"，负责业务宣传。到法国内外各地进行演讲游说。

7 月，出差到西贡。将《南方邮航》改写成电影剧本。并跟随摄制组到摩洛哥拍摄外景。在摄取空中镜头时充当"替身演员"。

■ 1935 年

1 至 5 月，以《巴黎晚报》特派记者身份到莫斯科采访，先后撰写了六篇通讯发表在《巴黎晚报》上（后收入杂文集《生活的某种含义》）。

驾机周游地中海，替"法航"进行业务宣传，到处演讲。

12月29日，自费驾机飞往西贡，试图以七十小时飞完巴黎到西贡的航程，以此打破纪录获取十五万法郎的奖金。飞机发生故障，迫降在开罗附近荒无人烟的沙漠中。与机械师普雷沃一起在绝望的情况下跋涉了五天五夜，被骆驼商队救出。

■ 1936 年

圣 – 埃克苏佩里试图发明一种喷气式飞机。

开始零星撰写《城堡》一书。

12 月，朋友梅莫兹因飞机失事遇难。

■ 1937 年

2 月，驾驶自己的飞机从卡萨布兰卡直飞通布图 (马里)，进而与达喀尔—卡萨布兰卡航线沟通。

3 月，回到巴黎。

4 月，作为《不妥协报》和《巴黎晚报》特派记者前往马德里等地采访西班牙内战。

■ 1938 年

1 月，经空军部批准，圣 – 埃克苏佩里得以实施从纽约到火地岛 (在拉丁美洲南端) 的飞行计划。为此抵达纽约。

2 月 15 日，从纽约起飞，平安到达危地马拉。但从危地马拉起飞时，飞机栽到机场附近。圣 – 埃克苏佩里负重伤 (脑震荡，全身八处骨折)。飞机摔毁。

3月，回到纽约养伤。创作小说《人的大地》。随后重返法国。

1939 年

2月，《人的大地》在法国出版。驾机到德国旅行。

5月，《人的大地》获法兰西学院小说大奖。

6月，《人的大地》英文版在美国出版，书名译为《风沙星辰》，成为畅销书。

7月，同吉约梅驾驶水上飞机去纽约，试图打破穿越大西洋的飞行纪录。战争迫在眉睫。

8月26日，火速从美国赶回巴黎。

9月3日，法国向德国宣战。

9月4日，圣－埃克苏佩里应征入伍，以上尉军衔任技术教官。

11月，据医生诊断，圣－埃克苏佩里鉴于健康状况已不在应征之列，但他却想方设法终于当上了一名飞行员，开始在第三十三飞行大队第二中队执行空中战略侦察任务。此间创作了哲理童话《小王子》。

1940 年

6月，受到空军部的嘉奖，获十字军功章。

6月17日，法国败局已定，圣－埃克苏佩里同所在部队被遣送到阿尔及尔。

8月，圣－埃克苏佩里退役，到瓦尔省的姐姐家中小住，继续写作《城堡》一书。

11月，取道葡萄牙和摩洛哥去美国。

■ 1941 年

侨居纽约，从事文学创作。

■ 1942 年

2 月 20 日，回忆录《战区飞行员》英文版在美国出版，书名译为《飞向阿拉斯》，占据美国"最佳畅销书"排行榜达半年之久。批评界认为这部小说"是民主人士对《我的奋斗》最有力的回击"，使他博得"飞翔的康拉德"的美称。同年，法文版在法国出版；虽然删去了"希特勒是白痴"这句话，仍被德国占领军当局查禁。

11 月，盟军在北非登陆后，圣－埃克苏佩里在纽约发表广播讲话，呼吁法国人民团结战斗。

■ 1943 年

2 月，《给一个人质的信》在纽约出版。

4 月 6 日，《小王子》出版。圣－埃克苏佩里几经辗转到达阿尔及利亚，经过情真意切的恳求，获准加入他以前服役所在的部队，第三十三飞行大队第二中队。部队的美国指挥官为圣－埃克苏佩里的战斗热情所感动，破例批准这位远远超出空军飞行员年龄界限的名作家执行空中侦察任务。

■ 1944 年

7 月 31 日早晨 8 时 30 分，圣－埃克苏佩里起飞执行他的第八次空中侦察任务，一去不复返。

译后记

文爱艺

　　《小王子》是一首充满着生命温情和深刻哲理的心灵之诗；是一支缠绵不绝，荡涤灵魂积垢，澄净尘世污泥浊水的不朽的心曲。

　　它是一部给孩子们看的书，更是失去童心的成年人应该读的书；是一部人类必读的经典，所有的人都能从中获取教益。

　　尽管它凄婉的结局令人伤感不已，然而面对不完美的人生，你能忍受虚伪的强颜欢笑，故作振奋？

　　这部给成人看的童书处处包含着象征意义，充满着温情的诗意哲思，明确又隐晦，极富氤氲之美。但它不是简单的道德寓言，而是人类重要思考的集合。

　　《小王子》以它真诚、纯洁无瑕的心，向我们道出了人类的生存现状，我们的困局、我们的伤痛、我们的不完美，以及我们的作为。它没有唬人的情节、花哨的辞藻、雕章琢句的修饰，它简单、朴素，甚至学龄前的儿童都能读，但它却在淡淡的哀愁中散发出缠绵不绝的深刻哲思，给所有读它的人以无限的感动和启迪，打动了无数人的心，令读它的人反省、深思。它启悟人向真、善、美的境界迈进。它迅速传遍全世界，几乎遍及世上所有的语种，有些语种的译本，甚至不计其数，成为现代最畅销的书之一。

　　这部充满诗情画意的小小作品深刻地指出：丰富的物质不能弥补匮乏的精神，人不可能脱离精神而存在。

　　这本书的畅销，说出了基本的道理：人类的本质是积极向善的，尽管某些自私、贪婪的蛊惑能鼓动某些人不知廉耻地向阖家暴富之路狂奔，但人类自身具有的自净能力，会在恰当的节点上反省。这正是人类绵延不绝的内在原因，也是译者夜以继日、废寝忘食、字斟句酌、呕心沥血地把它译为汉语的动力。

　　《小王子》在世界文学史中，拥有崇高的地位，文学史家称：17世纪有《佩洛童话》，18世纪有《格林童话》，19世纪有《安徒生童话》，20世纪有圣－埃克苏佩里的《小王子》。与拉·封丹的《寓言》、斯威夫特的《格列佛游记》、卡洛尔的《爱丽丝漫游奇境》、梅特林克的《青鸟》一同永传千秋。

《小王子》（法语：Le Petit Prince；英语：The Little Prince），是法国伟大的作家、诗人、记者、飞行员、伟大的爱国者、民族英雄安东尼·德·圣－埃克苏佩里 (Antoine de Saint－Exupéry，1900—1944) 1942 年在美国创作的一部著名的儿童文学作品，发表于 1943 年，已成为人类不朽的篇章。

　　《小王子》经久不衰地征服了世界各地的亿万读者，不是因为作者高超的写作技巧，而是因为作品对人世间荒谬现象的深刻揭露与批判。

　　这部作品讲述了一个外星球小王子在撒哈拉沙漠偶遇一名落难飞行员的故事，以奇妙的视角揭示了社会、人生、文明的真谛。

　　书中以一位飞行员作为叙述者，讲述了主人公——来自外星球的小王子——从自己的星球出发，游历星系，前往地球的过程中，所经过的各种历险。

　　作家以小王子的眼光，透视出成人世界的空虚、盲目、愚妄、教条，用天真浅显的语言写出了人类的孤独、寂寞、无根基、随风而动的命运，表达了对金钱关系的批判，对真、善、美的讴歌。

　　小王子这个形象受作者自己幼年时外貌的启发。他小时候一头卷曲的金发，被朋友和家人叫作"太阳王"（Le Roi－Soleil）。1942 年，作者在加拿大魁北克遇到哲学家查尔斯的儿子，八岁的托马斯同样是一头卷曲的金发。作者居于纽约长岛时曾与美国飞行先驱查尔斯·林德伯格及其妻子安妮·莫罗会晤，他们的儿子兰德·莫罗·林德伯格也是一头金发。

对小王子形象的记述最早可追溯到1935年5月14日。当时，作者以《巴黎晚报》记者的身份来到莫斯科，在发回的第二份稿件《生活一瞥：开往苏联的列车》中提到，他在法国开往苏联的火车上，看到一个灯下熟睡的孩子，有着王子般可爱的脸，使他不禁想到自己的童年。他描述，一天晚上，他大胆地从一等车厢跑到三等车厢，看到几个挤在一起回国的波兰家庭。他在稿件中不仅写了一位小小的王子，还在思辨的文字中融入了种种不同的风格："我面对着一对熟睡的夫妻坐下来，两人中间的小孩子正在睡觉，暗淡的灯光洒在他的脸上。这张脸是多么的可爱啊！就像是两个老农之间长出的金色之果，尽显优雅之魅。我对自己说，这是一张音乐家的脸。是的，他就是幼年莫扎特。无数美好的前景在这个小小生命的面前展开，就算是神话传说中的小王子也无法和他有同等的光荣了。一定会有人来保护他，扶持他，培养他……这个孩子他什么人当不了呢？这就好像，花园中出现了一种新品种的玫瑰，而所有的园丁在为之惊叹。他们会把这朵珍贵的玫瑰单独移出，照料它，培育它。但是，现实是人类没有什么园丁。这位天才的小莫扎特注定会与其他人一样被社会机器打造成一个模样……他的命运早已确定了。"

同年12月30日2点45分，圣-埃克苏佩里与副驾驶兼导航员机械师安德烈·普雷沃（André Prévot）在飞行了19小时44分钟后，在离开罗二百千米的沙漠上空迷失方向，飞机因故障不幸坠于撒哈拉大沙漠。当时他们正试图打破巴黎至西贡的直飞纪录，赢得150,000法郎的奖金。飞机型号是Caudron C-630 Simoun，坠机地点位于尼罗河三角洲的奈特伦洼地（Wadi

Natrun Valley）附近。

面临沙漠酷暑、严重失水的挑战，当时他们只有一张简单含混的地图，几串葡萄，一瓶咖啡，一个橙子，一点酒，一天量的水。不久两人就看到了海市蜃楼，紧接着感到越来越逼真的幻觉。第二、三天的时候，缺水到了一滴汗都流不出的地步。第四天，一个阿拉伯贝都因人骑骆驼路过时发现了他们，才得救。

这两件事促成了《小王子》的诞生，成了《小王子》故事的主线。

《小王子》中，小王子超凡脱俗，是一个神秘可爱的孩子，住在比自己大一点的小行星上，陪伴他的是一朵小玫瑰花，小玫瑰花的虚荣心伤害了小王子的感情，小王子告别了小行星，开始遨游太空旅行。

他先后访问了相邻的六颗小行星，遇见了国王、爱虚荣的人、酒鬼、实业家、点灯人、地理学家。这些角色各有各的荒谬，或权欲熏心，或爱慕虚荣，或颓废贪杯，或财迷心窍，或冥顽不灵，或脱离实际，共同的特点是过于关注外在的东西，从而丧失了内心的快乐安宁。见闻使他陷入忧伤，对遇到的这些人的反应都是："大人真是奇怪。"他感到大人们太不正常、荒唐、可笑。只有在点灯人的星球上，小王子才找到可以作为朋友的人。但点灯人的天地狭小，除了点的灯和他自己，不能再容纳第二个人。

在地理学家的指点下，小王子拜访了地球，孤单的小王子来到人类居住的地球，发现地球上成人的世界更荒谬。小王子发现人类缺乏想象力，总是重复着别人说过的话。小王子这时越来越想念自己星球上的那朵小玫瑰花。

小王子遇到一只小狐狸，和它成了朋友。小狐狸把自己心中的秘密——肉眼看不到事物的本质，只有用心灵才能洞察（法语：On ne voit bien qu'avec le cœur.L'essentiel est invisible pour les yeux；英语：One sees clearly only with the heart. What is essential is invisible to the eye ）——作为礼物，送给了小王子。用这个秘密，小王子在撒哈拉大沙漠同遇险的飞行员一起找到了生命的泉水。

最后，小王子在蛇的"帮助"下死去，"心"重新回到他的 B‑612 号小行星上。

童话描写了小王子没有被成人虚伪的世界所迷惑，最终找到了理想。这理想就是联系万物的爱，这是人世间所缺少的，因此，小王子常常流露出伤感的情绪。

圣‑埃克苏佩里在《小王子》的献词里说：这本书是献给小时候的那个孩子莱昂·维尔特。

莱昂·维尔特，法国作家、和平主义者，比圣‑埃克苏佩里大二十二岁，两人可谓忘年之交。两人政治观念不同，经常争执，但友情却更加牢固。莱昂·维尔特在怀念圣‑埃克苏佩里的文章里评价："安东尼最光明磊落，也最坐立不安。他对任何事物都忠心不二，快乐除外。"

莱昂·维尔特在圣‑埃克苏佩里的生活中，既是朋友，又是兄长，甚至是父亲。

《小王子》赢得了儿童读者，也征服了成年人的心。凝练、纯洁、质朴的语言渗透了作者对人类、对文明的思索。它表现出来的真情与虚伪、幻想与讽刺、情爱与哲理，使之成为世界上最著名的童话小说之一。

以下是书中人物角色的简介

叙述者

小说的叙述者是个飞行员，他在故事开篇就告诉读者，他在大人们的世界里找不到一个说话投机的人，因为大人们都太讲究实际了，而且贪婪、虚伪。接着，飞行员叙述了六年前，他因飞机故障迫降在撒哈拉大沙漠中遇见小王子的故事。神秘的小王子来自另一个星球。飞行员讲了小王子和他的玫瑰的故事；小王子为什么离开自己的星球；抵达地球之前，小王子访问过哪些星球。他转述了小王子在六个星球的历险，小王子遇见过国王、爱虚荣的人、酒鬼、实业家、点灯人、地理学家、蛇、三枚花瓣的沙漠花、玫瑰园、扳道工、商贩、狐狸，见识了这个世界的专制、虚伪、无耻、利益、忠于职守、脱离实际的学问，也领教了智慧、友谊的珍贵。他讲述了和小王子之间的友谊。飞行员和小王子在沙漠中共同拥有过一段极为珍贵的友谊。当小王子离开地球时，飞行员非常悲伤，他非常怀念他们共度的时光。飞行员坦率地告诉读者自己是个爱幻想的人，不喜欢那些太讲究实际、贪婪、虚伪的大人，喜欢和孩子们相处，孩子自然、真诚、善良、令人愉悦。

小王子

小王子，一个神秘可爱的孩子。他住在被称作 B－612 的小星球上，是那个小星球上唯一的居民。小王子因跟所爱的玫瑰花闹别扭，离开自己的星球到宇宙旅行，最后来到了地球。在撒哈拉大沙漠，小王子遇到小说的叙述者飞行员，和他成了好朋友。小说中小王子象征着希望、爱、天真无邪和埋没在每个人心底的孩子般的灵慧。虽然小王子在旅途中认识了不少人，但他从没停止过对自己的玫瑰的思念。

狐狸

小王子在沙漠见到狐狸。聪明的狐狸要求小王子驯化他，他使小王子明白什么是生活的本质。狐狸告诉小王子：用心去体验才能看得清楚；是分离让小王子更加思念他的玫瑰；爱就是责任。

玫瑰

一朵喜欢卖弄风情的花，她的自负和幼稚，没能让小王子明白她对他的爱，反而令他无法忍受、离家出走。在分开的日子里，她却时时闪现在小王子的脑海和心里。这隐含了作者对其妻康素爱罗·森琴的复杂情感。

蛇

蛇是小王子在地球遇到的第一个人物；也是他最终咬了小王子，把小王子送回天堂。蛇告诉小王子自己在人间很孤独，使小王子认为他非常弱小。但蛇告诉小王子自己掌握着生命之谜。蛇还告诉小王子，他之所以谜语似的说话，是因为他知道所有的谜底。书中，蛇好似一个绝对的权威，一个永恒的谜，让人想起《圣经》里的故事：亚当和夏娃被蛇引诱偷吃了禁果，被逐出伊甸园。

土耳其天文学家

在第四章提及的这个土耳其天文学家，于 1909 年通过望远镜首先发现了一颗叫 B - 612 的小星球，叙述者相信小王子来自这颗星球。当土耳其天文学家第一次在国际天文会议上论证他的发现时，没人相信他，就因为他穿着土耳其服装。数年后，他换了一套西装，又做了一番相同的论证。这次，大家附和了他的意见。土耳其天文学家的两次不同的待遇，揭露了人类的恐外症，以及狭隘的民族主义的危害。

国王

国王是小王子在离开自己的星球后，拜访的第一个小星球 325 上仅有的居民。这个国王称自己统治所有的一切，他的统治必须被尊重，不容忤逆；事实上，他徒有虚名，只能让别人去做别人自己想做的事。

爱虚荣的人

爱虚荣的人居住在小王子访问的第二个星球上。他坚持要大家崇拜他，对别人的意见充耳不闻，他只听赞扬声。

酒鬼

酒鬼是小王子遇到的第三个人。小王子问他为什么整天喝醉酒，酒鬼回答说是为了忘记让自己感到羞耻的事；什么事让他感到羞耻？因为整天喝醉酒。

实业家

实业家是小王子遇见的第四个人。一个滑稽的大人，他整天坐在那里，为"属于自己的"星星计数，忙得连抬头的时间都没有。他认为他拥有所有的星星。可是，他对星星没做过任何有益的事。尽管小王子已见过怪得没治的大人，但实业家是小王子唯一批评过的人。

点灯人

点灯人是小王子遇见的第五个人，也是一个较复杂的形象。点灯人起初好像是另一个行为荒谬的大人，然而他的无私奉献精神得到小王子的赞叹。点灯人是小王子到地球之前，唯一一个被他认为可以做朋友的大人。

地理学家

地理学家是小王子在到达地球之前见到的最后一个人。地理学家看上去好像很有学问，知道哪里有海洋、江河、城市、山脉、沙漠。但他竟然不了解自己所在的星球，并拒绝自己去探察，认为那是探察家做的事。他劝告小王子去访问地球，因为地球很有名。

扳道工

小王子在地球遇见扳道工，扳道工调度着来来往往的火车，火车运载着对自己待的地方永远不满足的大人们。

他同意小王子的观点：孩子们是唯一懂得欣赏和享受火车奔驰之美的人。

商贩

小王子在地球上遇到的这个商人是贩卖解渴药丸的。吃了这药丸就不需要再喝水，这样一来，一星期就可节省五十三分钟。

这象征着现代世界因过分强调省时而走歪门邪道。

小王子说他宁可花五十三分钟悠闲自得地去找水。

只有三枚花瓣的沙漠花

三枚花瓣的花，孤独地长在沙漠里，偶尔看见商队从旁走过，就错误地认为地球上就这么六七个人，他们没根，随风飘零。

玫瑰园

小王子看到这座盛开的玫瑰花园时，非常伤心。因为他的玫瑰对他说谎，说她是宇宙中一朵独一无二的花。不过，在狐狸的引导下，小王子认识到她们和他的玫瑰虽然类似，但因为他给他的玫瑰盖过罩子，给她竖过屏风，给她除过毛虫，给她浇过水，听过她的吹嘘、埋怨，看过她的沉默，所以他的那朵玫瑰在世上是唯一的。

从篇幅上看，《小王子》的中文译文字数很少，但其叙事结构之完整，足以媲美经典的古典戏剧、长篇小说。

古典戏剧结构可分为：铺垫、发展、高潮、回落、灾难五个部分。

《小王子》的结构一一对应：

第一章，自述：铺垫；

第二章至第九章，小王子与飞行员相遇：发展；

第十章至第十五章，小王子访问相邻的六个小行星：高潮；

第十六章至第二十三章，小王子的地球之旅：回落；

第二十四章至第二十七章，小王子消失：灾难。

小小篇幅，结构之完美，罕见。

又恰似奏鸣曲式：引子、呈示部、发展部、再现部、尾声，五个部分，流畅华美。

以下是结构形式的具体分析

　　叙述者：一个飞行员因飞机故障迫降在撒哈拉大沙漠，在那里遇见了小王子。六年后，他讲述了这段奇遇故事。

　　叙事视角：故事以第一人称叙事，虽然其中大部分篇章是飞行员在复述小王子一个人旅行的故事。

　　语气：飞行员与小王子梦幻般的相遇；甜蜜的伤感；对大人世界的功利主义和缺乏想象力，表露出无奈和忧心。

　　背景（时间／地方）：六年前，非洲撒哈拉大沙漠和太空。

　　主人公：小王子，飞行员，玫瑰花，狐狸。

　　主要冲突：飞行员与小王子的天真无邪，同大人世界令人窒息的教条之间的冲突。

　　上升情节（起势情节）：小王子相信自己被他的玫瑰花讨厌，独自离开自己的星球，开始太空旅行。访问了邻近的几个星球后来到地球。漫步在沙漠寻找人类，他找到了狐狸。

　　高潮：狐狸告诉了小王子一个秘密，使小王子认识到他的玫瑰花的价值。

　　下降情节（收势情节）：小王子向飞行员转述狐狸告诉他的秘密；小王子被蛇咬后回到自己的星球。

　　主题：偏见与成见的危险；人生探索的启迪；所有的大人起先都是孩子；对某事某物付出过才使得某事某物变得如此重要；勇于承担责任的重要。

　　母题：秘密，飞行员的画，驯养，正经事。

　　象征：星星，沙漠，火车，水，酒鬼，国王，点灯人，爱虚荣的人，地理学家，商贩，玫瑰，狐狸。

预示：小王子初遇蛇时，蛇暗示它能让小王子回到自己的星球；狐狸在小王子将离开的时候给他启示，叫他回去再看看那五千朵玫瑰。小王子回来跟狐狸告别的时候狐狸告诉了他一个秘密："本质的东西是用肉眼看不见的，只能用心去体验。正因为你为你的玫瑰花费了时光，才使得你的玫瑰变得如此重要。对你驯养过的东西，你永远都有责任。你必须对你的玫瑰负责。"

基调：作品充满温柔、童真、探险和哲理的基调，忧伤又带有神秘气息。开始，小王子没说出自己的身份，制造了最初的神秘；后来小王子详细叙述他的旅行，基调成了探险；小王子向狐狸和叙述者提问时，基调又富有哲理；最后，小王子被蛇咬，基调回到神秘。小王子被蛇咬而死去了，但飞行员第二天日出后并没有找到小王子的躯体。飞行员相信小王子顺利地返回了自己的星球。

童话模式：英雄离家出走、追寻奇迹、历经磨难、结局，《小王子》也一一对应：

英雄离家出走：小王子告别小行星，遨游旅行。

追寻奇迹：经历奇遇，未达目的。

历经磨难：来到地球，找到答案。

结局：死去。

不同的是，小王子追寻的是人生的奇迹。

作品通过小王子的经历，阐述了对社会的看法，提出批评，指出了发人深思的问题。

作者借小王子之口赞颂了情谊、友爱，希望人们要发展友情，相互热爱。

爱就要像火山一样炽热，友情就要像小王子兢兢业业为玫瑰花铲除恶草一样真诚。

作品流露出伤感情绪，但这不是主要的，故事到了高潮，伤感很快在欣喜中消融。

小王子向他的朋友赠送了临别的礼物："你会拥有许多会笑的星星。"

就这样，作品中的伤感消融了，死亡失去了它的恐怖性。从中只觉出天真、可爱、纯洁和真诚。

我们整天忙碌着，听不到灵魂深处的低语。时光流逝，岁月销蚀着纯真。我们沉溺于人世浮华，专注于利益，充满着欲望，异化着梦魇，充满着卑琐失望。读一读《小王子》，心就如在清泉中荡涤了一般，变得明亮剔透了。

《小王子》情节别致曲折，行文诗情富于哲理，采用倒叙的手法，语言晓畅明白。以情和爱贯穿全篇，充满着诗意。

《小王子》使孩子、成年人都喜欢。作品追求和表现出来的想象力、智慧、情感，使各年龄段的读者都能从中找到乐趣、益处，并且随时能够发现新的精神财富。

一

先贤祠，供奉着法国历史上最杰出的人物，入祀先贤祠是法国人至高无上的殊荣；1967 年供奉的是《小王子》的作者圣－埃克苏佩里。

圣－埃克苏佩里，1900 年 6 月 29 日生于法国里昂传统的天主教贵族豪门家庭，古老的门庭可追溯至 13 世纪。父母皆是没落贵族，父亲有伯爵头衔，在保险公司任职，母亲懂音乐，爱绘画，艺术修养很高。一生下来他就是伯爵爵位的继承人。

1904 年，其父四十岁时，患脑溢血在里昂的拉福火车站病逝。

圣－埃克苏佩里有两个姐姐、一个弟弟、一个未出世的妹妹，家庭经济拮据。其母携姐弟五人离家，先后住在姨妈和外祖母祖传的圣·莫里斯·德·莱芒古堡中。

母亲的姨祖母也是年轻守寡，常邀请他们一家到她的庄园同住。庄园在圣·莫里斯·德·莱芒，位于里昂东北三十千米处，城堡风景如画，是圣－埃克苏佩里童年的天堂。

四岁时，圣－埃克苏佩里第一次乘火车旅行，对机械产生浓厚兴趣，梦想能飞上天空。

六岁时，他开始写诗。

九岁时，入圣十字圣母学校读书，其作文经常被洛奈神父当作范文，流传下来的有《万里飘游的帽子》《蚂蚁葬礼》。

1909年，圣－埃克苏佩里全家迁居勒芒市。圣－埃克苏佩里入圣克鲁瓦教会中学读书。学校里沉闷的气氛使爱好幻想的少年颇感压抑，被视为一个不守规矩的学生。

1912年，夏天，他开始对飞机产生浓厚的兴趣，经常骑自行车徘徊于学校附近的安贝利欧机场了解飞行原理。颇有名气的飞行员魏德林被他的热情所感动，带着他第一次飞上天空。同年，圣－埃克苏佩里开始拜师学拉小提琴。

1914年，他十四岁时，第一次世界大战爆发。其母为参加护理伤员的工作，将圣－埃克苏佩里兄弟二人送进蒙格雷中学寄宿。兄弟二人苦于森严刻板的约束，只待了一个学期便催促母亲将他们"从这个巫婆的巢穴里拯救了出来"。一家人随后卜居瑞士弗里堡。他聪明淘气，写诗歌，弄机械，做事分心，爱遐想，功课平平。

1917年，圣－埃克苏佩里来到巴黎，先后就学于博絮埃中学和圣路易中学。7月，年仅十四岁的弟弟弗朗索瓦死于风湿性心内膜炎，使他十分哀痛。

1919年，他投考海军军官学校。数学成绩名列前茅，法文口试只得了7分（满分为20分）。考题是："阿尔萨斯省回归法国后，某人重返故里，将做何感想？"圣－埃克苏佩里无言以对，而且拒绝背诵其他"爱国主义的"陈词滥调，于是落第，转入美术学校攻读建筑艺术专业。

1920年，他应征入伍，被编进空军。

1921年6月18日，他开始学驾驶。12月31日，他通过考试，可以飞行。

成为法国最早一代飞行员。

1922 年 10 月 20 日，二十二岁的圣－埃克苏佩里正式成为空军飞行员，因表现良好，被提拔晋升为第三十四空军团的少尉。

1923 年 1 月，圣－埃克苏佩里飞机失事，在布尔热机场头骨被摔破裂，随后被军方遣退。

那时航空处于创业阶段，飞机发动机性能不可靠，仪表也不精密。好好的飞机，没有预兆，就向地面直跌下去。夜航时，飞行员孤坐驾座，只有星光、仪表盘上指针的荧光，被漆黑包围，峡谷、山峰、海面、浮云、气流……一切充满着杀机。

水性杨花、家财万贯的路易丝·维勒默罕嫌弃圣－埃克苏佩里家境没落，不喜欢他冒险的性格，1923 年秋天他们解除了婚约。

1923 年退役后，他从事过各种不同的职业。

1926 年春，圣－埃克苏佩里考入拉泰科埃尔航空公司，从见习生到飞行员，再任飞行教练，驾驶教练机往返于图卢兹与佩皮尼昂之间，又夜航飞往非洲卡萨布兰卡、达喀尔，之后往南美洲开拓巴塔戈尼亚航线。

圣－埃克苏佩里一生喜欢自由、冒险，这位将生命奉献给了法国航空事业的飞行家，开辟了多条飞行航道，是利用飞机将邮件传递到高山、沙漠的先锋。

同年 4 月，经让·普雷沃推荐，圣－埃克苏佩里的短篇小说《飞行员》在《银色之舟》杂志上发表，这是他发表的第一部作品。

1927 年，他被公司派往北非摩洛哥塔尔法亚附近的朱比角，当中途站站长。当时塔尔法亚属西班牙人势力范围，朱比角属于阿拉伯抵抗区，与西班牙殖民当局关系紧张。飞机被迫降落时，常被敌对的阿拉伯部落扣为人质，沦为奴隶，要求赎金，有时还会受折磨或被处死。

航空公司从卡萨布兰卡至达喀尔之间设立了 10 个中途站。圣－埃克苏佩里的中途站是西班牙要塞的一间木屋，屋里只有一只水盆、一把水壶、一张不够身长的板床。没有自卫装备，没有人身保障。有法国飞机迫降在沙漠时，他负责跟摩尔人或西班牙人商量如何营救。有时候遇到阿拉伯抢劫队袭击，就得骑上骆驼逃命，一夜数惊。

圣－埃克苏佩里独居荒漠，尝尽了孤独的滋味，通过接触克服了异族间的猜疑，与他人分享水、面包，凭真诚、机智、胆略，参加了多次调解协商，争取到了西班牙人的合作；在他当站长的 18 个月中，给 14 个处境危困的机组提供了帮助，救出了两名被扣留的西班牙人质，赢得了摩尔人的信任，被称为"沙漠王爷"。

这一切使他发现人的情意与交流是人生的根本。

翱翔蓝天是他矢志不渝的理想，但他的飞行生涯并不顺利，数次受伤并遭遇公司解体。除飞行，用写作探索灵魂深处之谜是他的终生所爱。

他不是高产的作家，生前只出版过七部作品，篇幅最长的回忆录《战区飞行员》只有 248 页 (1942)，篇幅短的如《致人质的信》仅 56 页。他的作品皆受欢迎，尤其是 1943 年出版的《小王子》。

从《南方邮航》(1928) 到《小王子》(1943) 的十六年间，他仅出版了六部作品，都以飞机为工具，从宇宙的高度，观察世界，探索人生。

其他作品有小说《夜航》(1931)、《要塞》(1948 年初版，1978 年定本)、《城堡》(1936)、《云上的日子》，散文《人的大地》(1937 年，英译本名《风沙星辰》)。

这些作品篇幅不长，体裁新颖，主题是：人的伟大在于人的精神，精神的建立在于行动。人不折不挠的意志可以促成自身的奋发有为。

《夜航》《人的大地》，以雄奇壮丽惊心动魄的情景，令人耳目一新。

1931年3月至4月间，圣 - 埃克苏佩里带着《夜航》的手稿拜见安德烈·纪德——早在十七岁时他由表亲伊凤·德·莱斯特朗杰夫人介绍，拜见过他。圣 - 埃克苏佩里在安德烈·纪德和伊凤·德·莱斯特朗杰夫人面前朗读《夜航》，安德烈·纪德听了以后主动为这部书作序。序中说："我尤其感激作者的，是他提出了一个不同凡俗的真理：人的幸福不在于自由，而在于对责任的承担。"

他的前辈梅特林克、纪德都对他青睐有加，但他从不高谈阔论自己的文学主张。他曾热爱超现实主义诗歌，却从不跟他们来往。

1931年出版的《夜航》，获得1931年的费米娜文学奖，1933年被改编成电影，红极一时。以至大量的法国青年报考航空学校。法国航空公司也大改组，飞机开始使用先进精密的仪表控制，飞行员通过科学仪器驾驶飞机。

1936年，圣 - 埃克苏佩里试图发明一种喷气式飞机。开始零星撰写《城堡》一书。12月，朋友梅莫兹因飞机失事遇难。

1937年出版的《人的大地》，5月获得了法兰西学院文学奖，英译本《风沙星辰》在美国获得国家图书奖，一直高居美国畅销书榜首。

1939年欧战开始，他应征入伍加入空军侦察队，短短三周，23个侦察机组损失17个，他幸存下来，目睹了法国军队的大溃退。

圣 - 埃克苏佩里在1940年最后一天，应纽约的出版界邀请，来到纽约，领取《人的大地》一书的奖品；抱着满腔热情，他试图向美国人民呼吁共同抗击法西斯。美国人的精神状态，却如慕尼黑协定签订时的法国，绥靖主义思想浓重，舆论混乱。纽约的法国社团内戴高乐派、维希派、中间派关系错综复杂，这是法国国内矛盾的延伸，内部斗争非常剧烈。他想做的一事无成，还受到维希派与戴高乐派两方的诬蔑攻击，非常痛苦无奈。

1942年至1943年，他接连出版了三部作品：《战区飞行员》《致人质的信》《小王子》。

1942年2月20日，回忆录《战区飞行员》英文版在美国出版，书名译为《飞向阿拉斯》，占据美国"最佳畅销书"排行榜达半年之久。批评界认为这部小说"是民主人士对《我的奋斗》最有力的回击"，使他博得"飞翔的康拉德"的美称。同年，法文版在法国出版；虽然删去了"希特勒是白痴"这句话，仍被德国占领军当局查禁。

11月，英美盟军在北非登陆后，圣－埃克苏佩里在纽约发表广播讲话，呼吁法国人民团结战斗。

这些作品是他一生思想的写照、行动的实录。他在黑暗中期待黎明，在乱云璀璨中向往彼岸。

现代文学中，圣－埃克苏佩里是最早关注人类状况的作家之一，是第一个以描写航空来探索人生、人类文明的作家。他不满足于描写乱云之中，与风暴、海洋、高山的角逐。从高空，他发现人类仅是生存在海洋、风沙、岩石、火山、天灾、人祸遍地的星球上，生命脆弱如风中之灯。

文明不过是一叶障目的遮羞布；人生归根结底不是上天恩赐的礼物，而是人人必须面临的问题。

"人是被抛入这个世界的"，人的价值不是与生俱来的，不过是后天之得，人必须做出自己的选择；人只有实施自己的意图才能表明自己的存在，从而决定自己的未来。

"人被抛入这个世界"，必须作出自己的选择。人只是在实施自己的意图时才表明自己的存在，决定自己的未来。这与萨特的存在主义非常相似。

发明飞机前，人靠两条腿走路，之后舟车代步。当人坐上飞机，升入空中，视野豁然开阔，发现地球表面大部分是沙漠、山地、海洋，人生存的地方只是片檐只瓦。

天地万物之母——地球，在宇宙间不知经过了多少亿万年，人才诞生，人是真正的奇迹，但人又如此脆弱，一次地震、一场火山喷发、一次海陆变迁都可以叫他毁灭。人朝不保夕，却时时不放弃长生的欲望。

怎样才是长生，圣－埃克苏佩里提出"以易于腐朽的躯体去换取……"，把爱投入到工作上，是创造；用生命换取比生命更久长的东西，这是长生的意义。

海德格尔也把"出版 50 年来"译成 102 种语言的《小王子》，看作是最伟大的存在主义小说。

玛佳·德斯特朗评论："纪德、尼采设计了一种道德，用激扬之文宣扬，圣－埃克苏佩里则身体力行。"

这部薄薄的《小王子》被法国读者选为 20 世纪最佳图书，出版至今已七十三年，每年世界各地销量高达百万册，至今全球发行总销量已高达五亿多册，成为现代最畅销的书，被誉为阅读率仅次于《圣经》的最佳书籍。

三

　　第二次世界大战期间，法国被纳粹占领，圣－埃克苏佩里侨居美国。

　　1942年的夏天和秋天，圣－埃克苏佩里暂住在美国纽约的长岛。纽约的夏天酷热，其妻康素爱罗在长岛找到一幢白色大房子，让他在这里避暑写作；这幢房子后来被称为"小王子之家"，给圣－埃克苏佩里带来最大声誉的《小王子》就诞生在这里。

　　一天，他们一家和他的合伙人尤金·雷纳尔、出版商希区柯克在餐厅吃饭，圣－埃克苏佩里随手在《战区飞行员》一书的空白处上画了一个孩子，坐在云端上瞧着法国北方城市地面上燃烧的阿拉斯。任意涂上几笔，画上云彩、花朵、蝴蝶、小人儿，是他的习惯性爱好。出版商希区柯克请他给这个小人儿编一个故事，作为当年的圣诞节礼物出版。

　　英国作家华尔波尔说："世界对于思想者是喜剧，对于感觉者是一出悲剧。"圣－埃克苏佩里既是个思想者，又是个感觉者。

　　无边无际的沙漠里，小王子与飞行员的对话，闪闪烁烁，憨直好笑；两人不加渲染的道别，催人泪下。

　　掩卷之余，仿佛沙漠中真有个小王子来过，默认时羞答答地脸红，生气时金色头发风中乱摇。

他虽走了，但没有死。

圣－埃克苏佩里在《人的大地》（1939）一书引言中写道：我们对自身的了解，来自大地，也来自书本。大地桀骜不驯。人在跟障碍较量时，才发现自己的价值。为了克服障碍，人需要工具，需要一个木刨或一把铁犁。农民在劳作中，窥探到自然界的奥秘，他所挖掘的真理却无处不在。同样，飞机这一航空运输的工具，也使人接触到所有这些古老的问题。

在美国这幢像凡尔赛宫的白色大房子里，他完成了杰作《小王子》。

画画，写亲身经历的故事，重新创作组成故事经纬的一切主题——那是一段快乐的日子。

那些简洁优雅，已成为故事一部分的水彩插图全是圣－埃克苏佩里自己画的。他青年时学过建筑，但完全不能据此认定他是个画家，正如他在《小王子》开头自嘲的那样。有几张画画到了他常用的那种透明纸的反面。有时候他会把图画初稿和文章草稿送给同事和朋友，甚至在他后来驾驶的"莱特宁P－38"型战斗机的驾驶舱中都发现了几张卷成纸团的草稿。纽约艺术家、雕塑家兼实验电影制片人约瑟夫·康奈尔（Joseph Cornell）现藏有两三张《小王子》原稿插图。2007年有人证实，1994年日本一场二手交易会上曾神秘售出过一张《小王子》水彩草稿。

圣－埃克苏佩里终其一生都在不停地涂鸦。他不时会在类似给情人的信、笔记本、手绢、桌布或随便其他的什么地方上画小人儿。他画的早期人物，随主题不同而外形各异。最终，小王子成了现在我们所熟知的样子：早熟的小孩子，一头卷曲的金发。其来源引发了无数的猜测。

四

圣－埃克苏佩里有双重身份：飞行员与作家。两种生涯相辅相成、相映生辉。

作为飞行员，他拥有13项航空方面的科技发明；视飞行为生命，飞机成为他探讨人生的工具。

身为作家，他精辟地道出了人与人、人与自身、人与自然、人与动物、人与社会、人与心灵之间的微妙的关系。

两种生涯，互为融合中，从认知层面，上升到哲学的高度，继而进入社会责任的境界，由此提高道德的观念，助推了整个社会的文明水准。

他在《要塞》中表述：人终生工作来创造连自己都无法享受的财富，尽其平生岁月换来的仅是块有光泽的锦帛。

这是圣－埃克苏佩里的价值所在，也是他赢得世人普遍尊重的真正原因。

他的一生充满传奇，复杂多变，矛盾神秘。他是十几项专利的获得者，拥有极高的科技素养；是数学天才，却憎恶数学崇拜；崇尚行动，却懒于体力；不信教，却又苦苦寻求上帝的存在；志向坚定，兴趣却悠然不定；他有孩子般的天真之心，却又在不经意中散发出哲人固有的忧郁之思。

他是文艺复兴时代式的人物，求知欲强烈，博览群书，任何新事物，都能引起他的兴趣，并记在他的手册上，不断核实。他死后整理出版的手册中，记录了大量的文化信息，资本主义、银行、税收、化学、遗传学、宗教、神秘学、爱因斯坦、牛顿、马拉美、罗斯福、普朗克、毕加索、自由、希腊美学、法律、社会结构等信息，丰富多彩，涉及面很广。

他跟莱昂－保尔·法格讨论马拉美、巴尔扎克、罗斯福、精神分析、中世纪、拳击、连环画、箴言、神话、毕加索、美第奇家族；跟安德烈·伯克莱讨论希腊美学、斯宾诺沙、诗歌、自由爱情、代数、社会结构；跟贝利西埃大夫讨论社会学、天文学、神秘学、遗传学、凡·高、巴赫，无所不包。

圣－埃克苏佩里写《小王子》时，自己为小说画了插图；插画拙朴稚气、梦境迷幻。

评论界和读者对这本书感到意外。一直写飞机的圣－埃克苏佩里写了一篇童话！

童话往往是大人讲给孩子听的故事，《小王子》是把童话讲给大人听。

幽默的献词是理解这本书的钥匙。

《小王子》的寓意在严酷的现实中愈来愈明显。

茫茫宇宙，目前知道只有一个星球住着人，也只有一个人类文明，人的感情也全部倾注在这个星球上。在这个孤单、桀骜不驯的地球上，人既坚强又脆弱，文明既长存又易毁灭。

现在，《小王子》在全世界成为大人、小孩、东方人、西方人都爱读的作品。

五

1943 年 4 月 6 日，美国 Reynal & Hitchcock Harcourt Brace Jovanovich Inc.，率先出版了《小王子》的法语版和英译版。

因第二次世界大战，法国直到 1945 年 4 月才由伽利马（Gallimard）出版社出了第一个法国版《小王子》。

圣 - 埃克苏佩里死后，仍然深受爱戴，法国政府更以此书为荣。

第二次世界大战开始后，他不顾伤痛，再次应征入伍，重入法国空军成为飞行员，后因法国贝当政府向德国法西斯投降，他转道北非，逃至美国，辗转纽约开始流亡生活。

1943 年，他潜回北非，参加由戴高乐将军领导的"自由法国"抵抗运动，自驾飞机为部队勘察地形。

1943 年，《小王子》在美国 Reynal & Hitchcock Harcourt Brace Jovanovich Inc. 出版一个月后，已超龄八年的老飞行员圣 - 埃克苏佩里，为反法西斯，又飞上蓝天，参加战斗；在他强烈的要求下，回到法国在北非的抗战基地阿尔及尔。上级考虑到他的身体、年龄状况，只同意他执行五次飞行任务，但仅从 5 月起，他就超额完成了八次飞行。

1944 年 7 月 31 日，是一个飞行的好天气，上午 8 点 30 分，距法国巴斯蒂亚 25 千米的波尔戈机场，圣－埃克苏佩里乘坐吉普车到来，从科西嘉起飞，沿里昂、安西一线侦察，从此再也没有回返。直到 2003 年 9 月，失踪近 60 年的飞机残骸才在法国南部马赛附近海底寻获。

前一晚，他在巴斯蒂亚的一家餐馆里通宵宴饮，床铺得好好的，一夜没睡，显得很疲惫。他身上有 8 处骨折，都是在危地马拉的坠机时留下的，包括颅骨下部撞在岩石上的一条很深的裂缝；他有间歇性的偏头痛、眩晕，身体一直僵硬疼痛。

他谢绝替飞，不想待在一边，受到保护。他曾非常接近死亡，但死并不让他害怕。

登机前他让勒内·加乌瓦伊帮他最后一个忙：转交一只放手稿的手提箱，像是立遗嘱。他们坐在一起，心潮起伏，男子汉一样哭了。黎明，做完弥撒后他吃了早餐：煎荷包蛋、黑咖啡、美国香烟，之后来到"莱特宁"飞机前。

8 点 45 分，圣－埃克苏佩里驾驶着轻巧的"莱特宁 P－38"冲入了 10000 米的高空……然后将在格勒诺布尔、安西、尚贝里的高空做长达几小时的侦察飞行。

此次任务是他的第八次飞行，也是最后一次。

下午 3 点，波尔戈机场，勒内·加乌瓦伊一边看着表，一边来回踱步。他知道，再过半小时，编号 233 的"莱特宁 P－38"飞机的燃料就要耗尽了，圣－埃克苏佩里，他的好朋友就要失踪了。

飞行记录上，只有简短的记录：圣－埃克苏佩里，执行法国南部高空飞行拍摄任务。未归。

第二次世界大战期间，法国有 11000 架飞机被击落，仅 1943 年至 1945

年就有 500 架坠落在普罗旺斯。但 1944 年 7 月 31 日早上，德军在这个地区没有击落一架飞机。在 10000 米的高空飞行的飞机会掉到哪里去了呢?

人们搜集证据，检查报告，计算，搜寻……没有任何实质性的结果。

此后，一群"疯子"，包括机械师、商人、历史学家、渔民、潜水员、学者……开始了打捞。

直到 1998 年 9 月 7 日，突尼斯地中海渔民哈比·贝纳莫尔在马赛附近的卡西斯的海上打捞到一块发亮的东西，他的老板看了一眼，有"安东尼"的字样，和自己的名字一样，就把它清洗干净，发现上面刻着："安东尼·德·圣 - 埃克苏佩里（康素爱罗）- C/O 雷纳尔和希区柯克公司 - 美国纽约第四大街 386 号。"这是安东尼·德·圣 - 埃克苏佩里的姓名、送他首饰的妻子的名字，出版英文版《小王子》的纽约出版商的地址。

他们找到了圣 - 埃克苏佩里的手镯!

2000 年 5 月，一名专业潜水员在同一地点的海底发现了飞机的残骸。结合手镯，与其他 42 架在法国南部坠毁的 P - 38 飞机比对，专家判定这架残骸正是圣 - 埃克苏佩里失踪时驾驶的飞机。坠机原因不明。专家猜测可能飞机被敌军击落，也可能撞上不明物体。

2003 年 9 月，他们从海底打捞上来几块相当于飞机十分之一的"莱特宁 P - 38"型机身，残骸上没有发现子弹的痕迹，仅有飞机坠毁时造成的折痕。

圣 - 埃克苏佩里曾言:"我将双手合十安息在地中海。"

有人说圣 - 埃克苏佩里有"死的愿望"，他很久以前就接受了死亡。他已经全选好了时间，地点，方式。

2008 年，八十五岁高龄的纳粹飞行员里佩特在其所著的《圣 - 埃克苏佩里:最后的秘密》一文中坦言，他可能在 1944 年 7 月 31 日，击落了圣 -

埃克苏佩里驾驶的飞机。作为喜爱《小王子》的读者，他非常后悔当年的行动。

里佩特的解释填补了圣 - 埃克苏佩里坠机之谜的空白，历史学家对此表示怀疑。他们认为，如果里佩特讲述的是事实，理应早就公开了此事。

圣 - 埃克苏佩里之死已成为永恒的谜团，融化在无边无际的蓝天里，无踪无影，但小王子的形象，却历久弥新，成为人的精神之镜。

六

《小王子》的故事感动了无数的人，成为法语书籍中拥有最多译本和读者的小说，是 20 世纪法国最佳图书，是 20 世纪流行最广的童话；被称为适合 8 至 88 岁人阅读的小说。1943 年发表以来，版本众多，是世界最畅销的图书之一。

几十年来《小王子》被广泛改编为各种形式，绘本、漫画、电影、舞台剧、电视剧、芭蕾舞剧、歌剧、歌曲等各种形式，人们把它搬上舞台，灌成录音带、唱片，做成 CD……

1974 年，理查德·伯顿（ Richard Burton ）发行的朗读唱片，获得了格莱美奖。

1974 年，曲作家勒纳与罗威同导演斯坦利·多南（ Stanley Donen ）创作的一部基于《小王子》情节的电影，由派拉蒙发行。

1978 年，俄罗斯歌剧作曲家列夫·克尼佩尔（ Lev Knipper ）1962—1971 年创作的三段史诗交响乐《小王子》（ Malen'kiy prints ），在莫斯科首演。

1979 年，日本电视动画《小王子历险记》播出。

2002 年，作曲家理卡多·歌夏特（ Riccardo Cocciante ）创作了法语歌剧《小王子》，2007 年在香港重演。

小王子这个形象出现在下述各处：东芝集团的环保标志；威立雅能源服务集团的戒烟运动"虚拟大使"；美剧《迷失》中；电脑游戏《超级玛丽》里。

《小王子》自1943年首次在美国纽约发行起，在世界各地至少已被翻译出版270多种语言，全世界前前后后有过400多个版本，多次再版，创下了被翻译出版的奇迹，仅英文、德文、意大利文的译本就达60余种之多。在中国，据粗略统计，《小王子》仅中文已有近90个版本，是迄今为止国内拥有最多译本的外国文学作品。《小王子》的中文版有两个常用译名："小王子"与受到日本影响的"星星王子"（星の王子さま）。

通过对句子结构和用词等方面的分析，语言学家可以找出译本的翻译来源，例如从法语原作、英语第一版或其他地方翻译过来。

《小王子》的首部译本是凯瑟琳·伍兹（Kathenine Woods）（1886—1968）翻译的英文版（英文版书名：The Little Prince）。

译本几乎遍及所有的语种，如：

荷兰语、阿姆哈拉语、阿拉伯语、阿拉姆语、孟加拉语、达里语、世界语、菲律宾语、古吉拉特语、希伯来语、爱尔兰语、卡纳达语、加泰罗尼亚语、孔卡尼语、克里奥尔语、布尔根兰克罗地亚语、库尔德语、马拉雅拉姆语、马拉地语、中古英语、中古高地德语、蒙古语、尼泊尔语、奥里亚语、旁遮普语、克丘亚语、厄瓜多尔克丘亚语、索布语、泰卢固语、德顿语、普诺克丘亚语、扎扎其语、乌尔都语等，甚至译成方言文字，多次再版。

2005年，有人将《小王子》翻译成一种阿根廷土著语言图巴语，书名是So Shiyaxauolec Naa。这是《圣经》后第一本译为该语言的图书。

人类学家弗洛伦斯·托拉（Florence Tola）称："既然《小王子》讲的是蛇、狐狸和星际旅行之类的事情，那就和图巴神话没什么区别，所以没有什么奇怪的。"

除此之外，它还是少数几本译成拉丁文的现代图书，称为 Regulus 或者 Pueri Soli Sapiunt。

《小王子》直率的观点和清晰的言论，令维希法国纳粹官员很早就封禁了此书，《小王子》直到第二次世界大战结束后才在法国本土正式出版。

法国解放前，《小王子》和其他圣 - 埃克苏佩里作品只能在地下出版发行。

位于法国巴黎勒布尔热的法国航空航天博物馆中，有一处特地为纪念圣 - 埃克苏佩里而设的展位。展馆展出了《小王子》的几个早期版本，及其他几部作者作品。2004 年在地中海地区发现的他失踪时驾驶的 P - 38 闪电式战斗机的残骸，修复后也在此展出。

1967 年，加拿大蒙特利尔世界博览会的主题来自圣 - 埃克苏佩里的《人的大地》；同年 11 月 11 日，圣 - 埃克苏佩里入祀先贤祠。

1994 年，为纪念圣 - 埃克苏佩里逝世 50 周年，法国政府特别发行印有他的肖像及小王子形象的 50 法郎纸币，以及纪念邮票、明信片。

法国进入欧元区前，50 法郎的纸币是瑞士设计师普杰（Roger Pfund）设计的《小王子》主题，上有圣 - 埃克苏佩里头像和《小王子》插图，包括一幅蟒蛇吃大象的图画。用放大镜可以看到上面的微缩文字"Le Petit Prince"。

法国另于 2000 年发行了一款面值 100 法郎的纪念币，一面是圣 - 埃克苏佩里的画像，另一面是小王子。

据统计，截至 2011 年，至少有 24 个国家发行过与《小王子》或圣 - 埃克苏佩里相关的纪念邮票。

2000 年，为纪念圣－埃克苏佩里诞生 100 周年，法国政府特别将里昂国际机场改为圣－埃克苏佩里机场。

因《小王子》的主题及其知名度，多颗小行星以与小王子相关的名字命名。

一颗 1975 年发现的小行星被命名为"2578 Saint－Exupéry"。

一颗 1993 年发现的小行星被命名为"46610 Besixdouze"。十进制 46610 化为十六进制就是 B－612，而"Besixdouze"在法语中是"B－612"的意思。

2003 年，一颗小行星卫星（最早发现于 1998 年）被部分命名为"Petit－Prince"。

有一个叫作"B－612 基金会"的组织，协会宗旨是为地球搜寻各种对其有危险的小行星。

圣－埃克苏佩里是一名出色的飞行员，在第二次世界大战期间加入"自由法国部队"。在盟军诺曼底登陆后不久，为了"自由法国部队"能够登陆被纳粹占领的法国南部，他自驾飞机侦察地形。

1944 年 7 月 31 日，圣－埃克苏佩里与其驾乘的"P－38"型飞机在靠近里乌岛的马赛附近海域神秘失踪。几十年来，这位深受世人敬重的作家究竟遭遇如何一直笼罩着一层神秘面纱。

法国文化部水下考古部门 2004 年 4 月 7 日披露，圣－埃克苏佩里当年所驾飞机残骸已经在马赛附近海底被发现，可以确定这名作家死于飞机坠毁。

2004 年 7 月 31 日，世界各地的"小王子迷"，会聚法国南部城市马赛附近的海域，将一束束美丽的花冠投入地中海的滚滚波涛中，以这种方式缅怀 60 年前的这一天驾乘飞机神秘失踪的法国著名童话小说《小王子》作者圣－埃克苏佩里。

参加 7 月 31 日海上纪念仪式的人群中，包括在海底找到飞机残骸的潜水员和《圣 – 埃克苏佩里，神秘的终结》一书的三名作者。

当天在法国科西嘉岛上的巴斯蒂亚机场同样也举行了抛掷花冠仪式，这里是圣 – 埃克苏佩里"命运飞行"的起飞点。

参考资料：

Le Petit Prince (Folio Junior Edition Spéciale), 1999
Spark Notes The Little Prince, 2002

图书在版编目（CIP）数据

　　小王子／（法）圣‐埃克苏佩里著；文爱艺译.　—
杭州：浙江大学出版社，2017.8
　　ISBN 978-7-308-16327-9

　　Ⅰ.①小… Ⅱ.①圣… ②文… Ⅲ.①童话‐法国‐
现代 Ⅳ.① I565.88

中国版本图书馆 CIP 数据核字（2016）第 251217 号

小王子 *Le Petit Prince*

〔法〕圣‐埃克苏佩里　著

文爱艺　译

责任编辑	平　静
文字编辑	赵　坤
责任校对	赵　伟
装帧设计	周　灵
插　画	齐　鑫
出版发行	浙江大学出版社
	（杭州市天目山路 148 号　邮政编码 310007）
	（网址：http://www.zjupress.com）
排　版	周　灵
印　刷	浙江海虹彩色印务有限公司
开　本	787mm×1092mm　1/16
印　张	10.5
字　数	120 千
版 印 次	2017 年 8 月第 1 版　2017 年 8 月第 1 次印刷
书　号	ISBN 978-7-308-16327-9
定　价	48.00 元